文春文庫

竜笛嫋々

酔いどれ小籐次（八）決定版

佐伯泰英

文藝春秋

目次

主な登場人物

赤目小籐次《あかめことうじ》　元豊後森藩江戸下屋敷の厩番。藩主の恥辱を雪ぐため藩を辞し、大名四家の大名行列を襲って御鑓先を奪い取る騒ぎを起こす（御鑓拝借）。来島水軍流の達人にして、無類の酒好き

赤目駿太郎　刺客・須藤平八郎に託され、小籐次の子となった赤子

おりょう　大身旗本水野監物家奥女中。小籐次の想い人

久留島通嘉《くるしまみちひろ》　豊後森藩藩主

高堂伍平　豊後森藩下屋敷用人。小籐次の元上司

久慈屋昌右衛門　芝口橋北詰めに店を構える紙問屋の主

観右衛門　久慈屋の大番頭

浩介　久慈屋の手代

国三　久慈屋の小僧

秀次　南町奉行所の岡っ引き。難波橋の親分

新兵衛　久慈屋の家作である長屋の差配だったが惚けが進んでいる

お麻　新兵衛の娘。亭主は錺職人の桂三郎、娘はお夕

勝五郎　新兵衛長屋に暮らす、小籐次の隣人。読売屋の下請け版木職人。女房はおきみ

うづ　平井村から舟で深川蛤町裏河岸に通う野菜売り

梅五郎　駒形堂界隈の畳屋・備前屋の親方

青山忠裕　老中。丹波篠山藩藩主

おしん　青山忠裕の密偵。小籐次とは甲斐での一件以来の仲

畠山頼近　高家肝煎畠山家当主

本書は『酔いどれ小籐次留書　竜笛嫋々』（二〇〇七年九月　幻冬舎文庫刊）に
著者が加筆修正を施した「決定版」です。

DTP制作・ジェイエスキューブ

竜笛嫋々《りゅうてきじょうじょう》

酔いどれ小籐次㈧決定版

第一章　秘曲春暁

一

　赤目小籐次《あかめことうじ》は湯屋に行き、ついでに髪結い床に立ち寄り、さっぱりとした。手《て》拭《ぬぐい》に包んだ、着替えた下帯をぶらさげ新兵衛長屋に戻ってみると、木戸口でおきみにばったりと会った。

「おや、酔いどれの旦那、えらくめかし込んだね。一体全体どうしたんだえ」

「駿太郎《しゅんたろう》を引き取りにまいるでな」

　長屋の井戸端に日差しが落ちていた。師走《しわす》らしい穏やかな光だ。

　小籐次は井戸端に行くと、手拭と着替えた下帯を水を張った桶《おけ》に別々に突っ込み、洗った。それを物干し場に干した。

堀留に止めた小舟にも光があたり、気持ちよさそうだ。水位もいつものところへ戻っていた。朝の光がきらきらと水面《みなも》に煌《きらめ》いて、どこの長屋にも洗濯物の花盛りだ。

「仕事が一段落《いちだんらく》ついたのかえ」

前掛けに版木の削りくずをつけた勝五郎がどぶ板に姿を見せた。

「ようやくよい天気になったな」

「今年の冬は長雨でよ、うんざりしたものな。泥濘《ぬかるみ》がようやく乾いたと思ったら、今度は馬糞と一緒に舞い上がりやがる」

とぼやいた勝五郎の顔はなんとなく長閑《のどか》だ。

註文の版木の彫りが終わったか。

「昨夜は夜明かしをされたようだが、読売屋に急ぎ仕事を頼まれたか」

版木職人の勝五郎は急ぎ仕事が多く、騒ぎが起こると読売屋の瓦版の版木彫りを頼まれる。

「旦那、世はこともなしだ。読売屋め、とんとご無沙汰だ。版木職人はおまんまの喰い上げよ」

「別筋からの註文かな」

「南油町でさ、履物屋が新規開店するのだと、引き札の版木の註文だ。あれこれと註文ばかりで銭にはならねえくず仕事だ。それでも版木屋め、次の仕事を持ってきたからよ、許してやったぜ」

勝五郎は新たな仕事が舞い込み、ほっとしているのだ。

「旦那も夜鍋だったな」

「駿太郎をお世話頂いた礼にと竹細工をこさえていたのだ」

勝五郎が小籐次の頭を見て、

「おかしいな」

「おかしいだろ」

と亭主について井戸端にきたおきみが応じた。

「酔いどれの旦那が髪結いだなんて初めてだよ。だいいち駿太郎ちゃんをどこのどなたに預けたというんだい」

勝五郎が小籐次をじろじろと見た。

「そなたらの知らぬお方ゆえな、説明しても分るまい」

「旦那、まさか品川辺りの飯盛り女に世話をさせてんじゃないよね」

「残念ながら、そのような知り合いはおらぬ」

小籐次は興味津々の勝五郎とおきみ夫婦に答えると、ごめん、と言いながらわが部屋に戻り、敷居を跨《また》いだ。

風呂敷で包んだものが上がり框《がまち》に置かれていた。明け方仕事を終えたとき、部屋の中の掃き掃除は済ませたのですっきりとしていた。狭い板の間の隅に竹細工の材料の竹や研ぎ道具の砥石《といし》や桶などが綺麗に片付けてあった。さらに奥の畳の間には夜具、着替え、おしめが積んであった。

駿太郎を引き取るとなると、怪我《けが》などしないように片付けておく必要があったし、おしめも要《い》った。水甕《みずがめ》にも水が新しく汲《く》んであり、竈《かまど》の下にも焚《た》きつけが用意されて飯を炊く仕度はなっている。

行平《ゆきひら》で重湯《おもゆ》が作れるように台所の隅には七輪もあった。

「よし」

と呟《つぶや》いた小籐次は自らの衣服の袖を引っ張り、眺めた。

「小ざっぱりとした綿入れなんぞに着替えたいが、着たきり雀では無理な話じゃな。こちらは致し方なかろう」

腰に脇差《わきざし》を差した小籐次は破れた菅笠《すげがさ》と孫六兼元《かねもと》を手にしようとした。

戸口に影が差し、おきみの声がした。

「旦那、ぼろ布団でも陽にあてておこうか。そうすれば今晩、駿太郎ちゃんも気持ちよく眠れるというもんだ」

「おおっ、大事なことを忘れておったわ」

「旦那、貸しな」

小籐次は畳の間に積んである煎餅《せんべい》布団とどてらなどを抱えて、おきみに渡した。

「こりゃ、だいぶ湿っているね。重いよ」

と言いながら、おきみが物干し場に抱えていった。

小籐次は菅笠を被《かぶ》り、風呂敷包みを背に負った。兼元を手に土間に下りて敷居を跨ぎ、

「勝五郎どの、おきみどの、行って参る」

と井戸端へ呼びかけた。

「あいよ」

と夜具を干しながらおきみが答える側《そば》から、勝五郎が、

「今日からよ、また新兵衛さんの世迷言《よまいごと》に赤子の夜泣きが加わるか」

とぼやいてみせた。

長屋の差配の新兵衛の惚《ぼ》けが急激に進行して、突然、夜中に歌い出したり、日

中ふらりと姿を消したりする。新兵衛が小さな騒ぎを繰り返すのは、今やこの界《かい》隈《わい》の名物になっていた。

「賑《にぎ》やかでよいではないか」

「旦那、また貰い乳の日々が始まるな」

「勝五郎どの、それがし、駿太郎をわが手で育てると決めたときからの覚悟にござる」

「ござるござるってな、言うのは簡単よ」

勝五郎の捨て台詞《ぜりふ》を聞き流した小籐次は木戸を出た。

芝口新町から東海道に出た小籐次は品川大木戸を目指して大股で南に向う。五尺そこその矮《わい》軀《く》が大股で両足を交互に蹴《け》りだすように進むのだが、腰の高さが上下することはない。そのせいですいすいと足が運ばれ、追い抜かれた煤竹《すすたけ》売りが、

「なんだ、このちび侍が」

という目で小籐次を見た。

小籐次は亡き父に来島《くるしま》水軍流という船戦《ふないくさ》を想定した剣技を幼き日から叩き込まれた。不安定な船上でわが身の安定を保つのがこの流儀の要諦《ようてい》だ。

小籐次の動きはすべてこの流儀の教えから導き出されていた。

三縁山増上寺の門前を通過し、金杉橋、芝橋を次々に渡ると、東の町並みの裏手から潮の香りがしてきた。本芝町の狭い町家の向こうには品川の海が広がっているのだ。

刻限は四つ（午前十時）前後か。

伊勢暦を供に担がせた御師《おし》が通りを行き、三河万歳《まんざい》の二人連れがその後に続き、どこからともなく威勢のよい餅搗《もちつ》きの音が響いてきた。

文政元年（一八一八）もあと数日で終わろうとしていた。

「おひろ！」

女の悲痛な叫び声が路地奥で響き渡った。五、六人のやくざ者が十四、五の娘の手を引いて東海道に姿を見せた。そのあと、でっぷりと太った親分の羽織の袖に裸足《はだし》の女が必死で喰らいついていた。その傍《かたわ》らには代貸しか、にたにたと不敵な笑みを浮かべた巨漢が従っていた。鍾馗《しょうき》様のように顎鬚《あごひげ》を蓄えた大男の片手は懐《ふところ》に隠されていた。腰帯の煙草《たばこ》入れは派手な革細工で、一尺五寸はありそうな太い銀煙管《ぎんぎせる》がぶちこまれていた。

「む、娘まで連れていくなんて阿漕《あこぎ》ですよ、親分さん」

女の声がして、小籐次は騒ぎに足を止めた。すると、その前の駄菓子屋の老婆が、

「筑前屋さんもあれで終わりだねえ」

と首を竦《すく》めた。

「筑前屋とは旅籠《はたご》ではなかったか」

小籐次は表戸を下ろした旅籠を見た。本芝町の表通りに看板を掲げた筑前屋は芝でも古手の旅人宿で、軒先には草鞋《わらじ》、菅笠、足袋《たび》と道中の道具を吊るして売っていた。そんな光景を小籐次は記憶していた。いつから暖簾《のれん》を下ろしていたのか、覚えがない。

「お侍、旦那の公兵衛さんが、品川宿の茶屋で知り合った女に入れ揚げたのがそもそもの間違いの始まりさ。遊びなれない旦那が女の手練手管にめろめろにされたところで、大井の強太郎《ごうたろう》親分が出てきたってわけだ。なあに、お決まりの、公兵衛さんが筑前屋の旦那と分っていて網を張っていたに相違ないよ。お決まりの、おれの妾に手を出したとかなんとか強請《ゆす》り集《たか》りにさ、旅籠にしばしば姿を見せるようになったら、商いどころじゃないや。奉公人も一人ふたりと辞めて、暖簾も下ろした。店の権利も強太郎親分に渡ったというがね」

「お役人に訴えられなかったか」

「最初にそれをしていれば、なんとか店まで乗っ取られずに済んだんだがね。女に未練があったか、金で済まそうとしたのがよくなかったね。旦那は半月ほど前に首を縊《くく》って死んだよ」

「なんということか」

小籐次の前で、

「おかみさん、おめえの亡くなった亭主が筑前屋の一切合財を好きにして下さいと親分に言い残しているんだよ。おめえは早晩、この家からおん出ていく身だ。何人もがきを連れて裏長屋の暮らしはつらいぜ。この娘をうちで育ててやろうという話だ、ありがたいじゃねえか」

と着流しの代貸しがせせら笑って言った。

「亭主は首を縊っておまえさん方への借りを清算しましたよ。それで許して下さいな」

「おかみさん、首なんぞ縊られたって一文にもならないや。この娘、親分のところで磨き上げればさ、後は品川でも吉原でも引き取り手は数多《あまた》あらあ。そんときはよ、おめえのところにも身売り金子《きんす》の半金も届けると親分が言ってなさるんだ。

いい話じゃねえか、ありがたく思え」

と大胆にも言うと、

「娘を駕籠《かご》に押し込めねぇか」

と弟分らに怒鳴った。

「兄い、駕籠屋が動かないんだよ」

表戸が下ろされた筑前屋の片隅に待機していた駕籠屋を、子分の一人が顎で指した。

「兄さん方、だれか他の駕籠を探してくんねえな。筑前屋の旦那には滅法世話になった身だ。おひろさんを担ぎ出す片棒は担ぎたくねえや」

「駕籠屋、抜かしたな」

子分が尻込みする駕籠屋の先棒の頬桁《ほおげた》を殴りつけた。

「さっさと言われたとおりにしねえと、てめえらの商売道具、品川の海に叩き込むぞ」

仕方なく駕籠屋がのそのそと駕籠の簾《すだれ》を上げた。

子分たちがおひろと呼ばれた娘を駕籠に押し込もうとした。

小籐次が菅笠の縁に差し込んだ竹とんぼを抜くと、ひと捻《ひね》りして飛ばした。

手作りの竹とんぼが光を受けて虚空高く上がり、
くいっ
と青空の下で方向を転じて、おひろの尻を押し駕籠に乗り込ませようとした子分の横顔を襲った。すると、竹とんぼの翼が目の下辺りを、
すぱっ
と斬り裂いて辺りに血しぶきを舞い散らせた。
「げえええっ！」
と悲鳴を上げた子分の足元に竹とんぼが落ちた。
「な、なんだ、これは」
派手な羽織紐の親分と代貸しが、道を挟んだ駄菓子屋の前に立つ小籐次を見た。婆さんが身震いすると、首を竦めた。
「てめえか」
代貸しが悠然と道を横切ってきた。
真昼間、大勢の人々が往来する東海道を傍若無人の行動だ。
小籐次は背の風呂敷包みを下ろすと、
「お婆、しばし預かってくれぬか」

と差し出した。

「わたしゃ、厄介ごとに巻き込まれるのは敵《かな》わないよ。おまえさん、年寄りの癖にちょっかいなんて出して」

とぼやきながらも、それでも包みを預かった。

「爺様、こっちは諸々の事情があって娘を預かろうという親切心だ。邪魔をするとはどういう了見だ」

六尺は優に超えた巨漢代貸しが小籐次を見下ろした。二人の背丈はまるで大人と子供ほどの差があった。小籐次の背は代貸しの胸の辺りまでしかない。

「俗に盗人《ぬすっと》にも三分の理と申すが、理屈もつけようだのう」

平然と見上げた小籐次が言う。

「痛い目に遭わないと分らないか。こちとら、二本差しなんて怖くもねえんだよ」

「そなた、名は」

「その昔、大名火消しにいたお兄《あに》いさんよ、臥煙《がえん》の仁蔵《にぞう》だ。背には未《いま》だに紅蓮《ぐれん》の炎の彫り物をしょっていようというい、いなせだ」

「なかなかの啖呵《たんか》よのう」

「てめえ、人を小ばかにする気か」

臥煙の仁蔵が懐の片手を出した。素手だった。

東海道の道中での騒ぎだ。たちまち野次馬が集まってきた。

「あの爺様、可哀そうに仁蔵の馬鹿力に頭を潰《つぶ》されるぜ」

大井村の強太郎一家を承知の野菜売りが、そう呟く。すると、その傍らにいた職人が道具箱を足元に下ろし、

「おめえさん、あの爺様がだれか知らねえな」

「だれですね」

「大名四家の行列を独りで襲い、御鑓拝借《おやりはいしやく》で名を上げた酔いどれ小籐次様だぜ。臥煙の仁蔵だかなんだか知らないが、可哀そうに胴から首が飛ぶな」

「いや、臥煙の仁蔵の銀煙管の一撃はよ、大井村で牛倒しの異名を持つほどだ。暴れ牛を一撃でおっ倒したぞ」

「賭けるか」

「おもしろい」

「一朱だ」

野菜売りと職人が巾着《きんちゃく》から一朱を出し合い、道具箱に置いた。さらに職人はその気になったか、

「一座の皆様に申し上げるぜ。臥煙の仁蔵兄いと御鑓拝借の酔いどれ小籐次様の結末やいかに、賭ける者はいねえか」

と大声で呼ばわった。だが、さすがに賭ける者はいなかった。

「なに、あの御仁《ごじん》が赤目小籐次どのか」

中間《ちゅうげん》に槍《やり》を持たせた壮年の武家が呟いた。

「酔いどれ小籐次だと。仁蔵、厄介な爺様が出てきたぜ。ここは引き上げるか」

と大井村の強太郎が酔いどれ小籐次と知って弱気を出した。

「親分、それじゃあ、やくざ稼業は務まらねえよ。酔いどれがなんぼのものか。臥煙の仁蔵が叩き伏せてくれる」

仁蔵がさっと銀煙管を引き抜くと、片手で高々と構えた。矮軀の小籐次の頭が銀煙管の下にあって、まるで蛇に睨《にら》まれた蛙に思えた。

「ありゃ、いけねえ。酔いどれ様が先手を取られたよ！」

と賭けを言い出した職人が叫び、

「一朱、頂きだべ」

とにんまりと野菜売りの男が笑ったとき、仁蔵の銀煙管がびゅっと唸《うな》りを上げて小籐次の菅笠の頂きへと振り下ろされた。

ふわり
と小籐次が仁蔵の胸に合体するように迫り、次の瞬間、
ぐえぇっ
と絶叫した仁蔵の巨体が後ろに何間《げん》も飛んで、地面に叩きつけられると悶絶した。

一瞬の早業《はやわざ》を見届けたのは槍を中間に持たせた武家だけだ。

「なんと、さすがに酔いどれ小籐次どのかな。身を擦《す》り寄せると、刀を鞘《さや》ごと抜き、柄頭《つかがしら》をあやつの下腹部に突き上げ、一瞬にしてまた元の腰に戻されたわ」

と驚きの声で呟いた。

小籐次はちらりと強太郎を見ると、

「娘さんの手を離すように、親分、子分衆に命じてくれぬか」

と静かに話しかけた。

その場で起こったことが未だ理解の付かない強太郎ががくがくと頷《うなず》き、しどろもどろで子分に言いつけた。

「大井村の親分、筑前屋をいたぶるのはこの辺で打ち止めにせぬか。それがし、この芝界隈に住むものでな。そなたのような仕打ちを聞くと、一家に乗り込みた

くなる性質《たち》だ。この次は仁蔵程度では済まぬぞ」

と小籐次が強太郎を睨み据えた。

「わ、分った」

「ならば仁蔵を運んで引き上げよ」

娘を乗せようとした駕籠に、悶絶した仁蔵を押し込んだ大井村の強太郎一家が駕籠とともに本芝町から消えた。

「一朱、悪いな」

職人が道具箱の賭け金を急いで摑《つか》み、野菜売りに礼を言った。

「仁蔵がふっとんだのはどうしてだ」

「そんなこと知るかえ。酔いどれ小籐次様を馬鹿にすると、こんな目に遭うんだよ。ありがたく頂戴《ちょうだい》したぜ」

と礼を重ねた職人がその場から消え、小籐次が婆様から風呂敷包みを受け取った。

「あんた、えろう強い爺様じゃな」

「さようか」

うあああっ

と小籐次の背から泣き声が上がった。人目も憚《はばか》らず筑前屋の女房と娘が往来で抱き合う姿があった。

「参る」

小籐次は何事もなかったように大木戸へと向い、騒ぎの一部始終を見届けた武家が小籐次の背に向って、

「赤目小籐次、一代の武芸者かな」

と静かな嘆声を洩《も》らした。

二

小籐次は、旗本の抱え屋敷がならぶ、通称大和横丁の門前で息を何度も整えた。そして、声を張り上げようとしたが、なかなかその声が出なかった。

「うーむ」

ともう一度唸った小籐次は、臍下《せいか》丹田《たんでん》に力を溜《た》めた。

「ごめん」

今度は途方もなく大きな声を張り上げていた。両番所の右手からのっそりと老

門番が出てきて、

「おや、酔いどれ様ではないか、おりょう様に御用か」

と聞いた。

小籐次はえらの張った蟹《かに》のような異相である。一度見た者はまず忘れない。なにより小籐次は長年、この近くの豊後森藩の下屋敷に奉公していた身だ。小柄な体の上の禿げ上がった額に大目玉、団子鼻、大きな耳は知られていた。それが屋敷を抜けた途端、江戸をひっくり返すほどの騒ぎ、肥前小城《おぎ》藩を始め大名行列を次々に襲い、象徴たる御鑓の穂先を切り落とし奪い去るという大事件を起こした張本人だ。

今やこの界隈で小籐次を知らぬ者はいなかった。

「いかにもさようでござる。おりょう様には厚かましくも赤子をお預け申し多大な迷惑をかけており申す」

小籐次は奉公していた時分から大身《たいしん》旗本水野監物《けんもつ》家に勤める奥女中のおりょうを承知で、密《ひそ》かに思慕していた。御鑓拝借のあと、おりょうとは親しく口を利くようになったが、おりょうの前に出ると思うだけで舌は乾き、汗は勝手に流れて緊張に見舞われた。

「なんじゃ、駿太郎様のことかえ。屋敷の人気者でな、だれもが愛らしいと可愛がっておりますよ。引き取りに参られたか、寂しくなるな」

と最後は呟いた老門番が、案内するで付いてこい、と言った。

「お願い致す」

門番は庭を回っておりょうの住まいする奥へと案内した。

小籐次は腰が少し曲がりかけた門番のちょこちょことした歩き方の後、のしのしと大股で従った。緊張のせいでどうしても厳《いか》つい歩き方になった。

柴折戸《しおりど》の向こうから、
きゃっきゃっ
と満足げな笑い声を上げる駿太郎の声が聞こえてきた。

「おりょう様、酔いどれ様が駿太郎様を引き取りに見えたぞ」

「あれ、まあ」

とおりょうの声がして、小籐次の目に、日の当たる縁側におりょうが腰を下ろし、若い女中が駿太郎を抱いて日の中に差し上げている光景が映った。

「赤目様、御用は済みましたか」

おりょうが声をかけてきた。

小籐次はおりょうの座る縁側近くに片膝を突き、

「おりょう様、此度《こたび》は厚かましくも不躾《ぶしつけ》を願い、真《まこと》に迷惑をおかけ申した。ようやく騒ぎも収束致したで、かく引き取りに参上した次第にござる」

「赤目様、そのような挨拶はおりょうには不要です。それより駿太郎様をご覧なさい。大きくなりましたよ」

と、おりょうが澄み切った五月の空のような晴れやかな声で応じた。

「なにっ、駿太郎は大きくなりましたか」

ようやく小籐次の緊張も解けた。立ち上がる小籐次の傍らに若い女中が駿太郎を連れてきた。

「おおっ、顔立ちもしっかりしてきおったわ」

「体が重くもなりましたよ。抱いてご覧なされ」

おりょうの言葉に、若い女中が駿太郎を小籐次の腕へと渡した。

「どうれ」

と抱き取った小籐次は駿太郎が思いの他、目方も増え、足腰もしっかりとしてきたことを感じ取った。

「おりょう様、えらい面倒をかけたようでございますな。確かに一段と逞《たくま》しく育っておりますぞ」

と小籐次がえらの張った、もくず蟹のような顔を駿太郎の前に突き出すと、
わあっ
と大声を上げて泣き出した。

「これ、駿太郎。それがしはそなたの養父じゃぞ、泣く奴があるか。そなたの父上はなかなか腕の立つ武士《もののふ》であった。武士の子がそうそう簡単に泣いてはならんぞ」

と言い聞かせれば言い聞かせるほどに駿太郎の泣き声は大きくなった。

小籐次は慌てて両腕の駿太郎を虚空に差し上げたり下ろしたりしたが、泣き止《や》みそうにない。

おりょうの笑い声が響き、

「赤目様、ほれ、おりょうに駿太郎様をお貸し下され」

と言った。

「おりょう様、駿太郎め、それがしを忘れおったかのう」

困惑の体《てい》で、縁側に中腰になったおりょうに駿太郎を差し出した。おりょうの顔が小籐次と接し、おりょうの体からなんとも清らかな匂い袋の香りが漂ってき

て、

「これは失礼申した」

と小籐次は顔を伏せて泣き続ける駿太郎をおりょうに渡した。すると、駿太郎が一瞬にして泣き止んだ。

「な、なんということか」

小籐次は顔を上げておりょうを見た。すると、おりょうの顔に笑みが浮かび、

「赤目小籐次様よりおりょうがよいと駿太郎様は申しておられます」

「それではそれがしが困る。いや、独り身のおりょう様に赤子がおるなどという噂が近隣に立つとえらい迷惑をかけ申す」

「赤目様、すでにこの大和横丁ではおりょうに隠し子がおると評判になっておりますそうな」

「なんとしたことで」

おりょうは腕の中で笑い声を上げ始めた駿太郎を、

「おそよ、ちと預かってたもれ」

と先ほどの若い女中に渡した。

小籐次は背に負ってきた荷を下ろし、縁側の端に置いた。

「おりょう様、そのような噂が立った以上、駿太郎を早々に引き取り、以後、この界隈には近付きませぬ。約定《やくじょう》致す」

と小籐次は言い切った。

「それは困りました、赤目様」

おりょうが平然と答え、

「赤目様、ちとおりょうに時を貸して下され。酔いどれ様に酒《ささ》など召し上がって頂きながら、おりょうの相談を聞いて頂きたいと思うておりました」

と言い出した。

「おりょう様、それがしでなんぞ役に立ちましょうか」

「天下の酔いどれ小籐次様なれば、きっとよき思案をお持ちのはずです」

にっこりと微笑《ほほえ》んだおりょうがぽんぽんと手を叩いた。

幕府開闢《かいびゃく》の頃、大身といえども直参旗本が下屋敷や抱え屋敷を持つことは許されていなかった。だが、時代とともに幕府の規範も弛《ゆる》み、旗本の暮らしも変化してきた。内所の豊かな旗本諸家は江戸外れの閑静な地に下屋敷や抱え屋敷をかまえることが増えていた。

この水野家の下屋敷もその一つだった。ゆえに普段、主《あるじ》の水野監物は府内の上屋敷にいて、大和横丁には滅多に姿を見せることはない。そんな普段の下屋敷を仕切るのがおりょうだ。

おりょうは水野家から絶大な信頼を得ていたし、また監物は赤目小籐次も承知していた。とあることで監物が窮地に立たされたとき、小籐次が助けたことがあったからだ。

此度の駿太郎の預かりも上屋敷に許しを得てのことだった。

最前のおそよとは異なる女衆《おんなし》が二人、角樽《つのだる》と大杯を静々と持参してきた。

「酔いどれ様にはまず喉を潤して頂きましょうか」

小籐次は思いがけない接待に口が利けなかった。

「お、おりょう様、それがし、帰りには駿太郎を連れ戻らねばなりませぬ」

「酔いどれ様がこの程度の酒で足をとられましょうか」

「昼間の酒はことのほか回ります」

「さすれば、駿太郎様とご一緒に一晩、屋敷にお泊まりあれ」

「そんなことが」

おりょうと小籐次がやりとりするうちに、女衆が小籐次の手に朱塗りの大杯を持たせ、角樽の栓を抜くと、とくとくと注《つ》ぎ始めた。

「な、なんと」

酒の芳醇な香りが辺りに漂った。

「屋敷じゅう探して見つけたのが五合入りの朱杯でした。酔いどれ様にはちと物足りのうございましょうが、まず一杯」

とおりょうに促され、

「さようでございますか。ならば一杯だけ」

と小籐次は抱えた朱杯を口に近付けた。

「おおっ、下り酒のよき香りかな。これはたまらぬ」

小籐次は思わず舌なめずりして杯に口を寄せた。ゆっくりと杯を傾けると、酒精が小籐次の口内に勝手に流れ込んだ。

久しぶりの昼酒だ。くらくらする感覚を頭に生じさせながら、喉へと落ちていく。

「お見事にございます、赤目様」

おりょうが褒めると満足げな笑みを漂わせた。

小籐次は杯を縁側に置くと、拳《こぶし》で口の端についた酒の露を拭った。

「酔いどれ様には五合の酒などほんの一口。ささっ、もそっと重ねなさいませぬか」

　女衆が角樽を差し出した。

「おりょう様、一気に何杯も飲むは外道飲みにございます」

「これはしもうた。酔いどれ様に酒の飲み方の講釈をしてしまいました」

　小籐次はしばし酒の余韻を楽しむように庭の梅の木に視線をやった。

　古木の枝にはすでに硬い蕾《つぼみ》があって、春を待ちわびて花を咲かせようとする気配があった。

「おりょう様、この小籐次に酒を馳走《ちそう》することが起こりましたか」

　微笑んだおりょうが、

「この場の接待はおりょうが致します。お下がりなされ」

　と小籐次に酒を注ごうと控えていた女衆ふたりを下がらせた。

　おりょうは女衆が視界から消えるのを確かめ、

「酔いどれ小籐次様、酒を馳走するに理由が要りましょうか」

　と自問するように呟いた。

「さあてのう。人は酒を楽しいにつけ哀しいにつけ、飲みますでな。格別理由は要りますまい」

「赤目様もそうですか」

おりょうが小籐次を呼ぶ呼び方は、酔いどれ様、酔いどれ小籐次様、赤目様に変わった。それがおりょうの心の迷いを示しているように小籐次には思えた。

「それがしの酒は命の水にござれば、ものを食し水を飲むように頂戴致します。もっとも始終は頂戴致しませぬ」

小籐次が飲んだ五合の酒がえらの張った蟹顔に変化をもたらし、ほんのりとした赤みが現れた。

「ほんに赤目小籐次様の酒は命の水、艶の素《もと》にございますな」

と感心したおりょうがふいに、

「赤目様、おりょうに縁談が持ち込まれました。主の水野監物様の口添えにございます」

小籐次の胸がどきん、と打ち、五体が静かに震えた。しばし沈黙し、腹に力を溜め、気を鎮めた小籐次が吐き出した。

「おりょう様、おめでとうござる」

おりょうが小籐次を正視した。

「なぜそのような返答をなさいます、小籐次様」

「これはしたり。古来縁談は目出度《めでた》きものにござれば、祝意を述べるは当然の礼儀にござろう」

「目出度きはずの縁談の末に結ばれし夫婦が、すべて運よき生涯を終えるとばかりはかぎりませぬ。夫婦仲悪くして家内が荒《すさ》んだ家をおりょうは承知しております。押し並べて祝意とは奇妙にございましょう」

小籐次はおりょうの舌鋒の鋭さに返す言葉が見つからなかった。すると、おりょうの顔が見る見る赤らみ、

「おりょうとしたことがなんということを」

と恥ずかしそうに呟いた。その動揺を隠すようにおりょうが角樽を手にした。

「小籐次様、もう一杯、おりょうの酌で酒を召し上がってはくれませぬか」

小籐次は黙って杯を取り上げ、

「頂戴致す」

と差し出した。

おりょうは自らの気持ちを鎮めるように角樽を傾け、朱塗りの杯を七分目ほど満たした。

「それがし、果報者にござる」

その一語に万感の想いを込めて言うと、小籐次は大杯を再びゆっくりと傾けた。飲み干した杯を顔の前から外すとおりょうの顔が間近にあった。

「おりょう様、なんぞ胸に悩みがござれば、この赤目小籐次にお聞かせ下さい」

「お聞きくださいますか」

「それがしの命、放り出せとおりょう様が命じなされば、直《ただ》ちにこの場にて腹かっさばきます」

「御鑓拝借の勇者のお言葉とも思えませぬ。武士は主一人に命を捧げる人士ではございませぬか」

「赤目小籐次は忠義を尽し奉公すべき家がございませぬ。なれど、赤目小籐次にも命を捧げる御印はございます」

「命を捧げる御印とはなんでございますので」

「はっ、はい」

小籐次は思わず返事に閊《つか》えた。

「赤目小籐次様、申されませ。そなた様が命を捧げる御印とはいかなるものにございます」

とおりょうが迫った。

ふーうっ
と小籐次は息を吐き、おりょうから視線を外した。

「赤目小籐次が心の中で密かに命を捧げ奉ると心に決めたお方は、おりょう様ただ一人にございます」

小籐次の声は小さかった。だが、明瞭におりょうの耳に届いた。

「赤目小籐次様ほどの勇者が、おりょうのために命を投げ出すと申されますか」

「はい」

小籐次は恐る恐る顔を上げた。

笑みを浮かべたおりょうの顔があった。

「お話伺いとうござる」

思慮深いおりょうがこのようなことを言い出した以上、なんぞ理由があってのことと考えたからだ。

「今からおよそ一月《ひとつき》前のことにございました。この下屋敷で茶会が催され、主の水野監物様が親しき方々を十数人招かれ、接待なされました。城中で詰之間がご一緒の旗本家主人あり、水野家の菩提寺、妙国寺の住職ありと親しい交わりの方ばかりにございました」

小籐次は頷いた。

おりょうが角樽を差し出し、小籐次は受けた。

「赤目様、酒を召し上がりながらおりょうの話を聞いて下さりまし。その方がおりょうも話がし易《やす》うございます」

小籐次は頷き、僅《わず》かに酒を口に含み、杯を置いた。

おりょうの主の水野監物は大御番頭《おおごばんがしら》を務めていた。将軍の御側の警護を務める職掌で、武官である。だが、幼き頃から蒲柳《ほりゅう》の質の監物は武官が適任とはいえぬ心優しき旗本であった。

そのことを大御番頭の同輩岡部長貴との諍《いさか》いを通して小籐次は承知していた。この諍い、おりょうの頼みで小籐次が助勢し、解決をみていた。

「茶会は和《なご》やかなうちに済みまして、主の水野監物も面目を施したのでございます」

「それはようござった」

「それから数日後、おりょうは主の監物様に霊南坂の屋敷に呼び出されました。そこでおりょう、そなたは長年、水野家のために尽してくれたが、いつまでも手元において重宝するは主の我儘《わがまま》である。嫁に行かぬかといきなり仰せられたのでございます」

「お相手が茶会の中におられたのですな」

おりょうが頷いた。

「赤目様は監物様正室登季《とき》様が高家《こうけ》品川泰継《やすつぐ》様の息女とご存じでございますな」

「承知にござる」

水野監物と登季の間には三人の男子がいた。嫡男の由太郎、次男の淳次郎、三男の燿之助で、長男の由太郎は元服をすでに済ませていた。

「登季様のご縁で高家肝煎《きもいり》の畠山頼近《よりちか》様が招かれておられましたが、この畠山様からおりょうを嫁にとの申し出があったそうにございます」

「高家肝煎」

小籐次は呆然《ぼうぜん》と呟いた。

高家とは名族を意味し、元和《げんな》元年（一六一五）に石橋、吉良《きら》、品川の三家が登用されたことに始まる。さらに武田、畠山、織田などが加わり、その中から三家を肝煎と称した。その職掌は、

「宮中への使節、日光への御代参、勅使、朝臣参府の折の接待、柳営礼式の掌典」

などである。禄は五千石以下だが、公卿との交際があることから官位は高く正四位上少将まで進むことができた。

禄高は低くても三百諸侯の大半より官位が高いのをよいことに、時に無理難題を言う高家もいた。

だが、小籐次には全く縁なき者たちであり、今ひとつその身分が判然としなかった。

三

「茶会の折、おりょう様は畠山頼近様にお目にかかられたか」

「はい」

「いかなる人物とご覧になりましたかな」

おりょうは遠くを見る眼差《まなざ》しで言い出した。

「齢《とし》は三十一、背が高いお方で白面の貴公子と申し上げてよかろうと思います。畠山家は元和元年に名族から高家に登用された三家に入ってはいませぬが、ただ今は高家肝煎にございますれば、城中でもなかなかの威勢だそうにございます」

小籐次の胸はすでに落ち着いていた。おりょうが幸せになることなればいかなることでも行う、その覚悟を己の心に言い聞かせていた。

「また畠山家は二千四百石ゆえ、職高は足されませぬ。ですが、御役料の八百俵を頂戴し、これとは別に大名諸家から正月、歳暮、節季などに仕送り幇助《ほうじょ》がございますゆえ、豊かにございますそうな」

「おりょう様の嫁ぎ先には相応《ふさわ》しき家柄かな」

小籐次の洩らした言葉に、おりょうが小籐次を睨み、小籐次は首を竦めた。

おりょうの家系は御歌学者北村季吟《きぎん》の血筋であり、分家の北村舜藍《しゅんらん》の息女であった。当代の季文《きぶん》は体が弱く、御歌学方《おかがくかた》の務めはおりょうの父舜藍が代役を果たしてきた。若年寄支配下の御歌学方は幕府の歌道を掌《つかさど》り、代々北村家が世襲のように務めてきた。本家北村家は禄高五百石だ。

分家であるおりょうの家は、百七十五石とさほど大きくはないことを小籐次は承知していた。

畠山家に嫁げば禄高二千四百石の上に盆暮れの頂戴物が多い。となれば豊かな暮らしができた。そのうえ、背が高く、白面の貴公子となれば申し分ない相手と思えた。

「なんぞ訝《いぶか》しき点がございまするか」

「それが」

とおりょうが言いよどんだ。しばし胸の中の悩みを整理するように沈思したおりょうが、

「家柄よし内所が豊か、当人の見目も申し分ない」

小籐次は膝を手で打ち、

「おりょう様を側室にと望まれましたな」

と聞いていた。

「いえ、頼近様は独り身にございます」

とおりょうが小籐次の思い付きを即座に否定した。

「はて、おりょう様の思い悩む気持ちが分らぬ」

おりょうが静かに頷いた。

「茶会は監物様の親しい方々の集い、実に和やかにございました。ですが、唯一つ、気が穏やかに流れぬ場がございました。畠山頼近様がおられる所、なにか言い知れぬ緊張がございます。主の監物様の応対を拝見していても、なんとのう恐

れを抱くような感じがございまして、おりょうは気にかけておりました」

「ふーむ」

と小籐次は唸った。

おりょうの女の勘が畠山頼近訝しと主張していた。勘だからといって一概に当てにならぬと小籐次は思ってもいない。

武芸者の第六感も女の勘も、説明がつかない違和を感じたとき、無意識に分析し、出した答えだ。

「なぜか頼近様の周りだけ気が停滞し、恐れ戦《おのの》く緊張が走る。おりょうはなんとのうそのことを記憶しておりました」

「畠山様は茶会の席にておりょう様に話しかけられましたか」

「いえ」

とおりょうは否定した。

「監物様が私のことを御歌学者北村の血筋と頼近様にご紹介申し上げましたとき、じろりと一瞥《いちべつ》をくれられただけにございました。それがいきなり縁談話にございます」

「畠山家から水野様へもたらされた此度の嫁取り話、どなたかの口利きあってのことですか」

これだけの格式同士の縁談となれば当然、仲人《ちゅうにん》がいて不思議ではなかった。

おりょうが顔を横に振った。すると辺りに香気が漂い、小籐次の鼻腔を擽《くすぐ》った。

なんという幸せか、小籐次はおりょうと間近に対面して親しげに話を交わしているのだ。

（これはいかぬ）

小籐次は胸に起こった思いを振り払うように顔を振った。

「当代一の剣術家赤目小籐次様なれば、おりょうの不安、お察しになれますな」

「なんとのう」

「なんとのうでございますか」

「おりょう様、うわべは実によき縁談かと存じます。ですが、おりょう様はそのことに躊躇《ちゅうちょ》しておられる」

「はい」

「畠山様の為人《ひととなり》、お調べ致しますか」

「そのために、おりょうの心の内をお話し申したのです」

と答えたおりょうが、

「申し添えておきますが、畠山様ではこの返答、来春松の内までと日限をきっての申し出にございます。おりょうがうんと返答致さば、春先にも祝言を挙げたいと申されたとか」

「な、なんと」

　このことだけでおりょうの危惧が察せられた。

　なぜ水野監物はこのような縁談をおりょうに取り次いだか。いや、その前になぜ親しい交わりだけの茶会に畠山頼近を加えざるをえなかったか。

　小籐次にも疑問が残った。

「おりょう様、ご実家には相談なされましたか」

「まず赤目小籐次様に申し上げ、その後に父にこの旨を伝えてお考えを聞こうかと考えておりまする」

「いつ、北村家にご相談にお戻りなされますな」

「日取りが大事にございますか」

「いえ、ただそれがしの口を衝《つ》いた問いにございますれば、ご放念下され」

「日限が限られた話、すでに四、五日思い悩んで浪費しております。明日の昼過ぎにも参ろうかと存じます」

「承知致しました」

小籐次は朱塗りの杯に残っていた酒を飲み干すと、

「おりょう様、かようなときに駿太郎のことでご迷惑をお掛け申したこと改めてお詫び申します」

と縁側に立ち上がり、腰を折って駿太郎を預けたことを詫びた。

「駿太郎様もこの屋敷から去りますか。今宵から寂しきことになりますな」

とおりょうが洩らした。

そのとき、小籐次は持参した竹細工の包みに目を留めた。

「おお、これはうっかりしておりました。おりょう様に土産を持参したにすっかりと失念しておりました」

「おりょうに土産ですか。頂いてよいのですか」

小籐次が頷き、おりょうが包みを解《ほど》いた。すると、曲線的な竹の細工に季節の草花を漉《す》き込んだ西ノ内和紙を張った小ぶりの行灯《あんどん》が姿を見せた。

「なんという美しい形の行灯にございましょう。おりょうは初めて見ました」

「手作りにございます」

小籐次は紙問屋の久慈屋の関わりから西ノ内紙の産地に行き、悪戯《いたずら》に行灯を作った経緯から、それに目を付けた水戸家が藩の特産物として江戸で売り出そうとしていることなどを縷々《るる》説明した。

「いつぞや赤目様とお会いしたとき、青竹を負っておられましたが、この材料にございましたか」

「それがし、森藩にお仕えしていた時分、せっせと内職で竹細工を作っておりましたからな、細工物はお手のものにございます」

と苦笑いした。

「赤目様、灯りが入ったところが見とうございます」

「菜種油を少々分けてくれませぬか」

行灯の灯明皿に灯心が立てられていたが、油は入れていない。

おりょうが手を打ち、女衆に油を持参させた。

小籐次が油を皿に移し、灯心に油を染みさせた。

その間に女衆が縁側の奥座敷の襖《ふすま》を立て回し、薄暗がりを作った。

「おりょう様、失礼してようございますか」

行灯を手にした小籐次が、座敷に行灯を運び入れるために上がることを願った。

「お好きなようになされ、酔いどれ様」

小籐次は縁側に続く座敷の奥の、続き部屋の暗がりに行灯を据えた。すると、女衆の一人が火種を持参して差し出した。

「お借り致す」

小籐次が灯りを灯心に移した。真新しい灯心に灯りが点《とも》るまでしばらく時を要した。

おりょうが行灯の傍らに来て座った。

光が、
ぼおっ
と点った。

その瞬間、おりょうの口から、

「なんという灯りでございましょう」

という嘆息が洩れた。

複雑な大小の竹ひごの組み合わせが創り出す曲線と、それに貼られた西ノ内紙を透かした、柔らかな光が部屋全体に広がった。紙に漉き込まれた花びらや野草が襖に影を映じて、なんとも幻想的な空間に変えた。

おりょうの白い顔にも透かし模様が映えてなんとも美しかった。

「これを赤目様がお作りになったのですね」

「素人芸にござる」

「いえ、素人芸などという容易《たやす》いものではありませぬ」

「おりょう様、今一つ工夫がござる」

行灯の中で熱せられた空気が上昇し、行灯の上方に付けられた竹細工のとんぼがゆっくりと回転し始めた。すると、座敷の襖にとんぼの影が映じて飛び始めた。

「な、なんということが」

おりょうの顔にもとんぼの影があたり、それが光へと変わった。

「水戸の徳川斉脩《なりのぶ》様が、この行灯をほの明かり久慈行灯と命名されましてございます」

「ほの明かり久慈行灯ですと、なんと美しい名にございましょう」

と思わず呟いたおりょうが、

「赤目様は水戸の斉脩様をご存じなのですね」

「ちと仔細《しさい》がございまして、水戸藩の作事場に出入りが許され、竹細工をご指導致すだけの関わりにございます」

とだけ答えた小籐次は、するすると座敷から縁側へ出ようとした。

「お待ち下さい、赤目様」

おりょうは未だ行灯を眺めていたが、小籐次を引き止めると女衆に何事か命じた。女衆が隣室から錦の古裂《ふるぎれ》の袋を持参した。細長いかたちをしていた袋の紐を解きながら、

「赤目様の光と影に拙《つたな》い芸を添えとうなりました」

と言ったおりょうが取り出したのは竹で作られた竜笛《りゅうてき》だった。

「物心ついた頃から父に笛を習わされました。近頃吹いておりませんので、うまくいくかどうか」

おりょうが居住まいを正し、竜笛を斜めに傾けて構え、口を寄せた。

ひと呼吸。

甲高くも透き通った音がほの明かり久慈行灯が生み出す幻想の光と影の世界を鮮烈に突き抜け、天空へと響き渡った。

一瞬にして小籐次は笛の虜《とりこ》になった。

高く突き抜けた音が嫋々《じょうじょう》たる調べに変わり、小籐次とおりょうのいる座敷に戻ってきた。

おりょうが奏でる音は高く低く弱く強くと微妙に変化しながらうねり、舞い、

小籐次を幽幻にして甘美な世界へと誘《いざな》った。

小籐次はおりょうの口が生み出す音に呪縛《じゆばく》されていた。これほどの官能の世界があろうか。

小籐次は嫋々と響く竜笛の調べがどれほど続いたか、意識になかった。ふと我に返ると、おりょうの笑みを浮かべた顔が小籐次を見ていた。

「おりょう様、初めてのことにござる。このような調べがこの世にあろうとは。なんという曲にございますか」

「わが北村家の先祖が作った秘曲春暁にございます」

小籐次は頷くと、蹌踉《そうろう》として座敷を出て廊下に膝を突き、

「おりょう様、それがしに数日の猶予を下され」

と最前の頼みに答えた。

「おりょうに赤目小籐次様と申される無敵のお方がおられたとは、なんと心強いことにございましょうな」

とおりょうが振り返り、うっすらと汗を光らせた顔に嫣然《えんぜん》とした笑みを浮かべて答え、小籐次は顔を伏せた。

「これ、駿太郎様をお連れなされ」

おりょうが厳然とした声音《こわね》で女衆に命じた。

小籐次は駿太郎を背負い、手におしめの包みを提げて大和横丁から二本榎《にほんえのき》の辻に出た。すると、ばったり鉢合わせした武家がいた。

「赤目小籐次、なんじゃあ、その恰好は！」

豊後森藩一万二千五百石下屋敷用人高堂伍平《たかどうごへい》、小籐次の昔の上役である。

「はあ、これにはちと仔細がございましてな」

「仔細じゃと。他の男なれば外に女でも作り、子を生ませたかと考えもしようが、禿げ上がった大きな額に団子鼻の異相ではとても女にもてるとも思えぬ。赤目、どこから赤子を盗んで参った」

高堂用人の声が二本榎に響き渡った。すると、往来する人々が足を止めて珍妙なやりとりに振り返った。

「ご用人、それがし、赤子を盗み出すなどしておりませぬ」

「ならばどうした。返答次第ではそなたをこの場で成敗してくれん。高堂伍平、酔いどれ小籐次であっても見逃しはせぬぞ」

高堂伍平が刀の柄に手をかけて迫った。

「困りましたな」

「なにが困った」

「天下の往来にございます。ほれ、大勢の方々が足を止めてこちらを見ておられます」

「だから、赤子を負った理由を申せ。虚言はならぬぞ、赤目小籐次」

高堂老人が金壺眼《かなつぼまなこ》で小籐次を睨んだ。

「見てみな。御鑓拝借の酔いどれ小籐次様をあの年寄り用人、叩き斬るつもりだぜ」

「今や赤目小籐次様といえば天下一の剣術家だぜ、えらい剣幕だね。何者だえ、あの年寄り侍はよ」

「だから、酔いどれ小籐次様の親父様ではないか」

「齢が近いぜ」

「ならば叔父御だねえ」

「そうかねえ。ちっとも風采は似てねえがね」

と見物の中から勝手なことを言い出すものがいた。

「ご用人、この須藤駿太郎、それがしを襲いきた刺客の子にございましてな」

と致し方なくぼそぼそと駿太郎を引き取ることになった経緯を辻の真ん中で告げた。

「呆《あき》れ果てたわ！」

高堂伍平が叫んだ。

「そなたを殺そうとした敵の子を引き取り、育てていると申すか」

「いかにもさようにございます」

「赤目小籐次、そなた、独り口も養うことができまい。赤子を連れてなんと致す。どう生計《たつき》を立てる気か」

「ご用人、俗に独り口は食えぬが、二人口はなんとかと申します」

「ばか者！　それは甲斐性のある夫婦者に遣う言葉じゃあ」

と怒鳴り上げた高堂老人が突然、
くんくん
と音を立てて臭いを嗅《か》ぎ始め、

「そなた、真昼間から酒を飲んでおるな。そのようなふしだらなことで子が育てられるか。屋敷に来い。今一度、殿にお頼みして屋敷の隅にそなたら二人を住まわせる場所を設けてもらう。屋敷なればなんとか飢えもせずその子も育とう。参れ」

と高堂伍平がおしめを提げた小籐次の腕を摑んだ。

「ご用人、それがしと駿太郎、なんとか世間様に迷惑を掛けることなく暮らしを立てる自信もござれば、どうか本日はお許しの程を願います」

困惑した小籐次が頭を下げた。

「ならぬ」

と高堂が小籐次の腕をとった。

「困りましたな」

と小籐次がどうしたものかと思案した。

「ご用人さんよ、酔いどれ小籐次様はもう久留島《くるしま》家の奉公人じゃねえや。赤子を連れてのたれ死にしようとどうしようと屋敷とは関わりがねえぜ。許してやんな」

と最前から騒ぎを眺めていた大工の親方ふうの男が言い出した。

「黙らっしゃい。武士が職を辞したとは申せ、忠を捧げる君はお一人である。久留島通嘉《みちひろ》様がこやつの主に変わりあろうか」

「よう言うぜ。赤目小籐次様はその通嘉様のために四家の大名行列に独りで斬り込んだんだぜ。お殿様には十分忠義を尽しなされたと思うがな」

　大工の親方の言葉に、

「そうだそうだ」

「ご用人が無理難題だぜ」

　と見物から賛意の声が洩れた。

「これはしたり。立藩以来、久留島家に代々奉公してきた高堂家である。奉公がなんたるか、その方《ほう》らに教えてもらう謂《いわ》れはないぞ」

「頑固だねえ、ご用人さんよ」

「なにが頑固か。武士たるものの筋を通しておるだけじゃぞ」

　と見物の野次馬と高堂が言い合っていると、野次馬の一人が、

「おい、当の酔いどれ小籐次様はもういないぜ」

　と叫んで教えた。

「な、なんと、赤目小籐次。逃げおったか」

「ご用人、おめえさんの負けだ。なんたって酔いどれ小籐次様はもう森藩の奉公人じゃねえ。おらたち、江戸っ子の強い味方だ。ご用人様もさ、目を覚ましてよ、赤目小籐次様のご出世を見守ってやんな」

親方の言葉に高堂老人が、

「うーん」

と唸って顔を朱に染めた。

四

小籐次は芝伊皿子坂《いさらござか》を下り、芝田町九丁目で東海道に出た。南に品川大木戸が見えた。

騒ぎで冷や汗を搔《か》いたせいか、酒の気は薄れていた。

「この分なれば許してもらおう」

と独り言《ご》ちた小籐次は片手で背に負《お》ぶった駿太郎の尻を軽くぽんぽんと叩いた。

「駿太郎、今宵からまた長屋住まいじゃぞ。壁が薄いで勝五郎どのに迷惑かけてはならぬ」

駿太郎は表に連れ出されたのがうれしいのか、ご機嫌で、
ぐすぐすぐす
と奇妙な声で応じた。

「夜泣きをするでないと申しておるのだ」

駿太郎は答えない。

行きと同じように増上寺の門前を通り、神明、宇田川、柴井、露月、源助、芝口町と馴染みの町内を抜けた小籐次は芝口橋を渡った。北の橋詰めの角に紙問屋の久慈屋が見えてきた。

店の前には大八車が止まり、船着場にも荷船が着いて菰《こも》包みの荷を積み込んでいた。手伝いをしていた小僧の国三《くにぞう》が、

「あれ、酔いどれ様のところに駿ちゃんが戻ってきたぞ!」

と叫んでこちらを見た。

荷積みを監督していた大番頭の観右衛門《かんえもん》が、

「おや、赤目様、そのように急いでどちらに参られますな」

と声をかけてきた。

「大番頭どの、ただ今は先を急ぐ。後ほど立ち寄りお話し致しますでな」

と返事をした小籐次は、

さっさ

と久慈屋の前を通り過ぎた。

「駿太郎様をおぶって急ぎとは、赤子が腹痛でも起こしたかな」

「大番頭さん、駿ちゃんはご機嫌で笑ってましたよ」

「となると病ではなさそうですな。後ほど立ち寄られるとは申されたがな、赤目様は忙しい人ゆえしっかりと見張り、お店に引き込むのですぞ。だいぶ研ぎをお願いせねばならぬ道具が溜まっておりますからな」

「合点承知の助にございます。赤目小籐次様が黙って通り過ぎようものなら、この小僧の国三、命を張っても酔いどれ様をお店に引き込みますーる」

と芝居もどきに国三が応じた。

「小僧さん、近頃、宮芝居にうつつを抜かして神明社の芝居小屋の前で絵看板を大口開けて見ているそうですな。これは仕事です。そんな芝居がかりの話ではございません」

観右衛門に睨まれた国三がぺろりと舌を出し、

「芝居もどきの台詞回し、大番頭様に嫌われたか」

と大目玉をひん剝《む》いて、

「これっ、注意する先から」

と怒られた。

　小籐次は鍛冶橋《かじばし》を渡ると、譜代大名の屋敷が連なる大名小路を抜け、さらに日比谷堀と馬場先堀に架かる馬場先門橋を渡った。すると、門番が背に赤子を負った小籐次を、

「これこれ、どちらに参られるな。ここから先は幕閣御要人の屋敷ばかりであるぞ」

　と呼び止めた。

　御門を警護する御番衆がその様子を眺めている。

「老中青山忠裕《ただやす》様のお屋敷に参る」

「老中のお屋敷に知り合いがおありか」

　門番はじろじろと見た。

「いかにも知り合いがおる。過日も訪ねた」

　門番が胡散臭《うさんくさ》そうに小籐次の風体を眺め、

「姓名の儀は、住まいはどちらか」

　と詰問した。

「住まいは芝口新町新兵衛長屋、名は赤目小籐次と申す」

「なにっ」

という驚きの声が御番衆の侍の間から上がった。一人がつかつかと歩み寄り、

「赤目どのとは御鑓拝借の酔いどれ小籐次どのですか」

と問うた。

「自ら御鑓拝借などと名乗った覚えはござらぬが、赤目小籐次にござる」

ほおおっ
という驚きの声が御番衆から上がった。

「小さな方とは聞いておったが、四家をきりきり舞いさせた勇者どのは思った以上に小柄よのう」

「いや、さすがになかなかの面魂《つらだましい》にござるぞ」

「間違いあるまい。酒の匂いがしておるで酔いどれ様に相違なかろう」

と若い警護の侍たちが畏敬の表情で見た。

「青山様の屋敷におしんと申すお女中を訪ねて参る。お通し願えぬか」

小籐次の頼みに、

「赤目様とあらば追い返すわけにもいきますまい。お通り下され」

と道が開けられた。

ふうっ

と溜息を一つ残した小籐次は、馬場先を横目に青山下野守《しもつけのかみ》の上屋敷の門前に立った。

(また面倒な問答が繰り返されるかのう)

と思い悩む小籐次を門番がじろりと見て、顔色を変えた。

「そなた様は赤目小籐次様にございましたな」

いつぞやおしんを訪ねたことを門番は覚えていたか、小籐次のことを記憶していた。

「いかにも赤目にござる」

「本日は中田新八様にご面会か、それともおしん様かな」

「これはこれは、ご親切なる申し出かな。おしんどのに取り次いで頂きたい」

「承知致しました」

親切にも門番が玄関番の若侍にその旨を告げにいった。

門番が口にした中田新八もおしんも老中青山忠裕の密偵であり、不穏な動きが考えられる大名家や遠国御用を務める大身旗本の身辺を探る役目に就いていた。

小籐次がおしんと甲斐国柳沢峠で出会ったのは晩秋、紅葉の頃だった。そして、囚《とら》われの身の中田新八を助けた縁で密かな親交が続いていた。

忙しい身のおしんが屋敷にいるかどうか危ぶむ小籐次に懐かしい声がかけられた。

「赤目様!」

矢絣《やがすり》を着たおしんが手を振りながら内玄関に姿を見せた。なりは屋敷奉公だが、挙動はまるでおきゃんな町娘だ。

それにしても老中の屋敷の門内だ。静かな佇《たたず》まいの玄関先に、なんとも朗らかなおしんの声が響き渡った。訪問客や玄関番の家来たちがもの珍しそうに見ている。

「おしんどの、無沙汰をしておる」

「時には顔を見せてくださいな」

と答えたおしんが背の駿太郎を見て、

「どうなされたの、赤目様」

と当然の質問をした。

「駿太郎か」

小籐次はざっとした経緯をおしんに告げた。

「命を奪いにきた刺客の子を引き取って育てるなんて、赤目様らしいわ」

と洩らしたおしんが、

「赤目様、まさかこの子をおしんに育ててくれと頼みにきたのではないでしょうね」

と警戒する顔をした。

「おしんどの、ご安心あれ。駿太郎はわが手で育てると決めた以上、いくらなんでもおしんどのに押し付けはせぬ」

「がっかりしたような、安心したような」

おしんがなんとも複雑な顔をした。

「本日は頼みがあって参上した。聞いてくれぬか」

と願うと、ぽーん、と胸を片手で叩いたおしんが、

「御用部屋に上がる、それともおしんの部屋に行く」

と聞いた。

「おしんどのの部屋にこの恰好で通っては、屋敷内にあとでなんと噂が立つか知れぬぞ、止めておこう。どこか迷惑がかからぬ庭の隅でもないか」

「武家屋敷の庭の隅なんぞで子連れの男と女中が密会したら、それこそえらい評判が立つわよ。話とはなによ」

「高家肝煎畠山頼近なる人物のことが知りたい」

「なんですって」

おしんの顔色が変わった。

「なんぞ不都合か」

「いえ」

おしんがしばし考えた末に玄関番の若侍のところに歩み寄り、何事か命じた。命じられた若侍がびっくりした顔をして、おしんを見た。おしんは平然と頷き返し、小籐次の許へと戻ってきて、

「老中屋敷の庭を子連れの酔いどれ様とそぞろ歩くのも話の種にいいかもね」

と笑いかけると、玄関脇の通用口から屋敷の横手に回りこみ、小籐次と駿太郎の二人を内庭の一つへと案内した。どうやら表屋敷と奥を分つ庭の一つのようだ。

築島が配された池に番《つがい》の鴛鴦《おしどり》が泳いでいる。

駿太郎は静かな庭に驚いたか、急にむずかりだした。

「おしんどの、失礼を致す」

庭石の上に荷を置いた小籐次は背から駿太郎を下ろし、

「すまぬが、おしめの包みの中に重湯が入っておる。出してくれぬか」

と頼んだ。

「呆れたわ、おしめから重湯まで持参で赤子のお守《も》りをしているの」

「赤子には欠かせぬものじゃぞ」

「老中の上屋敷で赤子のおしめを取り替えるなんて、酔いどれ小籐次様くらいのものよ」

小籐次は庭石に駿太郎を寝かせ、綿入れと着衣の前を開いた。小便をしたと見えておむつが濡れていた。

「駿太郎、これでは気持ちが悪かったろう。相すまぬことであった」

小籐次は濡れたおしめで尻を拭き取り、乾いたおしめに替えた。

「よしよし、腹も空《す》いたろう」

小籐次は庭石に腰を下ろすと、駿太郎を抱きかかえ、工夫して重湯入れに加工した竹筒を駿太郎の口に咥《くわ》えさせた。すると駿太郎が、
ちゅうちゅう
と音を立てて飲み始めた。

「これが大名四家の面目を叩き潰した赤目小籐次様なの。この恰好を四家の面々が見たらなんと言うかしら」

おしんが呆然《ぼうぜん》と呟いた。

「おしんどの、重湯を飲ませながらで失礼じゃが、話を聞いてくれぬか」

「どうぞなんなりと」

「いつぞや世話になった大御番頭水野監物様の奥女中おりょう様のことじゃが、覚えておられるか」

「赤目様ったら、おしんにおりょう様の身辺を調べさせるつもり」

「致し方なき仕儀でな。そなたしか思い浮かばぬのだ」

「まあ、言ってご覧なさい」

小籐次は本日聞き知った一件をすべて告げた。しばらく黙っていたおしんが、

「高家肝煎畠山頼近様か」

と洩らしたその言葉は、意味が込められているように思えた。

小籐次は、おしんが畠山を承知ではないかと思ったほどだ。

長いこと思案していたおしんが、

「仕方ないか、酔いどれ小籐次様の頼みだものね。何日か時間を頂戴な、そしたら調べ上げるわ」

「かたじけない」

「調べた結果、畠山様が申し分のない殿御なれば、おりょう様に嫁入りを勧めるの」

「うーむ」

小籐次はおしんの問いに虚を衝かれ、返答に窮した。

「赤目小籐次様が密かに想いを寄せる女はおりょう様一人と見たけど」

「おしんどの、そのような馬鹿げた話があろうか。第一、身分違いも甚《はなは》だしいぞ」

「あら、そうかしら。世の中、男と女の仲ほど、なにが起こっても不思議はないものはないのよ。酔いどれ様がおりょう様に懸想《けそう》しても別に変ではないわ」

「変ではないか」

「あら、本気にしたの」

小籐次はまた返事に窮した。

駿太郎はおりょうが作った重湯を半分ほど飲み、げっぷをした。

小籐次が背を軽くとんとんと叩き、

「残りは長屋に戻って飲もうかのう」

と竹細工の重湯入れに栓をした。

「赤目様、こちらは任せて。その代わり私にも頼みがあるわ」

「なんじゃな」

「会って欲しいお方がおられるの」

おしんは小籐次の手から重湯入れを取ると、濡れたおしめを乾いたおしめで包み、さらに風呂敷で包み込んだ。

小籐次は駿太郎を再び背に負ぶい、おしんに手を差し出した。

「私が持っていくわよ」

「屋敷奉公のお女中におしめを持たせられるものか」

小籐次はおしんから包みを摑みとり、

「どちらへなりとも」

と促した。

頷いたおしんは庭の奥へと小籐次を案内していった。

幕閣の最高権力者の老中らは、御本丸と西御丸に近い大名小路に七、八千坪ほどの拝領屋敷をもらい、居住した。

おしんに導かれて広い庭の樹木が生み出す木下闇《このしたやみ》をぐるぐる回った。そして突然、視界が開けた。

最前よりさらに広い池があって真ん中が狭まり、そこへ石橋が架けられて対岸に渡れるようになっていた。そして、小高い岡の上に東屋《あずまや》が見えた。

何人か人影が見えた。

「あら、大変」

とおしんが呟き、

「急ぐわよ」

と石橋伝いに小籐次を東屋へと案内した。

小籐次は東屋に立つ一人の人影を見たとき、

「おしんどの、暫時待たれよ」

と言いかけ、手の包みを足元に置き、腰の脇差と兼元を外すと右手に提げた。

小籐次は人影がだれかすでに承知していた。おしんは小籐次の訪問を玄関番の若侍を通じ、主の青山忠裕に知らせたのだ。

「おしんか、近う寄れ」

東屋の人影が命じた。警護の者たちは姿を消していたが、近くに潜んでいることは気配で察せられた。

「ただ今参ります」

と言葉遣いを変えたおしんが小籐次を無言の裡《うち》にその人の前に案内し、自ら膝を突いた。

小籐次も片膝を突き、頭を下げた。

「赤目小籐次、よう参ったな。面《おもて》を上げよ」

小籐次は顔を上げた。

「余が青山忠裕じゃ」

丹波《たんば》篠山《ささやま》五万石の藩主にして老中の青山忠裕が笑みを浮かべた顔で小籐次を見下ろしていた。このとき、明和五年（一七六八）五月八日生まれの忠裕は五十一歳、酸いも甘いも嚙み分けた年齢に差し掛かっていた。また小籐次とほぼ同じ歳《とし》でもあった。

「そなたには礼を申さねばならんのう」

「さて、老中に貸しがございましたか」

「中田新八の命を助けてくれた一件よ」

忠裕は、甲府勤番支配長倉実高が金脈を発見し、密かに採掘して甲州金を鋳造して私腹を肥やそうとしているという噂の真偽を確かめるために、中田新八ら密偵を探りに入れた。だが、中田新八らは反対に長倉の手勢に捕まり、行方を絶った。

　その行方を探らんと新たに派遣されたのがおしんだったのだ。

　小籐次は、おしんに協力して中田新八を助け出し、八王子から駆けつけた千人同心らの手勢に長倉一味を引き渡す手引きをした。そのことを忠裕は言っていた。

「もはや済んだことにございます」

「そなたの手助けで、長倉らが改鋳した甲州金一万三千余両を幕府は得ることができたでな」

「お礼も頂戴致しました」

「十両ではおしんも持参し難《にく》かったであろうな」

と、からからと笑った青山忠裕が、

「酔いどれどの、そなた、水戸家とも親しいそうな」

「親しいなど滅相もございませぬ。下屋敷に出入りを許されておるだけにございます」

「いや、斉脩どのの口調はそんなものではなかったぞ」

と忠裕には、水戸藩主の徳川斉脩と小籐次のことで話し合った様子が窺《うかが》えた。

「おしん」

突然、忠裕がおしんに声をかけた。

「本日、赤目と面会したは用があってのことか」

おしんが小籐次の顔を見た。

小籐次は密偵を手足のように使う忠裕の隠された職掌を考え、こっくりと頷いた。

「高家肝煎畠山頼近様のことにございました」

と前置きして、おしんが小籐次の頼みを告げた。

聞き終えた忠裕がしばし沈思し、

「おしん、赤目の願い、懇切に調べよ」

と命じ、

「赤目小籐次、水戸家ばかりではのうて、わが屋敷にも時に顔を見せよ」

と言うと、
からから
と笑い声をその場に残し、東屋から姿を消した。

面を伏せて沈黙したままの小籐次は、青山忠裕が面会を許した意味を考えていた。

第二章　節季働き

一

小籐次が、腹を空かし泣き叫ぶ駿太郎を伴い、久慈屋の前を通りかかると、

「酔いどれ様、駿太郎ちゃん、ただ今ご到着！」

と小僧の国三が店の奥に向って叫んだ。

「国三さん、駿太郎が腹を空かしておるで、今宵は失礼致す」

「駄目ですよ。なにがなんでも酔いどれ様を捉《つか》まえよ、研ぎが要る道具が山積みだって、大番頭さんが言っていますからね」

と両手を広げて通せんぼうをした。

「これこれ」

と店の帳場格子から観右衛門が飛び出してきて、国三を止めた。

「赤目様、お急ぎですか」

「駿太郎がかようにむずかっておるでな。店に迷惑をかけてもならぬ」

「ならば台所にとおり、女衆に預けなされ」

と観右衛門も誘った。

「よいかのう」

「遠慮は無用です」

観右衛門自ら店と台所をむすぶ三和土《たたき》廊下へと案内し、

「おまつさん、駿太郎ちゃんを赤目様から抱き取ってくれぬか」

と命じた。

「あれ、まあ。酔いどれ様を困らせて」

と久慈屋の台所を仕切る女衆の頭分、通い女中のおまつが濡れた手を前掛けで拭くと、小籐次の背に回り、負ぶい紐を解いて両腕に抱き取った。さらに尻に鼻を向けてくんくんと嗅いでいたが、

「酔いどれ様、泣くはずだよ。おむつが汚れているよ」

と言った。

「それは分っておったがな、天下の大道でおむつは替えられぬでな」

「そりゃそうですよ。二本差しの武士がおむつはいけませんよ」

おまつは駿太郎を板の間の隅に連れて行き、座布団の上に寝かせた。

「忙しい刻限に造作をかける」

小籐次は手に提げてきた風呂敷包みを解いて、おしめの替えをおまつに差し出した。

「だれか、お湯を盥《たらい》に張って持ってきておくれな。これじゃあ、むずかるはずだよ」

おまつが言いながら、駿太郎の尻を持ち上げ、汚れたおむつを取り替えようとした。

「駿太郎ちゃんは女衆にお任せなされ」

観右衛門が小籐次を広い板の間の一角、黒光りする大黒柱の下に手招きして誘った。

「ふうっ、大汗を掻いたわ」

小籐次は観右衛門の前に移り、懐から手拭を出して額の汗を拭いた。

「どちらに参られましたな、あのように大慌てに参られましたが」

「老中青山様のお屋敷でござる」

「おしん様を訪ねられましたか」

観右衛門はおしんを承知していたし、その役目が老中青山家の密偵であることも薄々知る人物だった。

小籐次は駿太郎を引き取りに芝の大和横丁の水野監物下屋敷に行ったこと、おりょうの一件でおしんの許を訪ねることになった経緯などを告げた。

「それはご苦労でしたな。とは申せ、いくらなんでも青山様にお目にかかったわけではございますまい」

観右衛門が応じ、

「それがお会いする羽目に立ち至ったのだ」

と小籐次が経緯を述べると、観右衛門が、

「呆れましたな」

と返す言葉に困った。

「まさか、駿太郎を負ぶった恰好で青山忠裕様にお目どおりするとは考えもしませんでしたぞ」

「なんとまあ、子連れで老中の前に出られましたか。いくら酔いどれ小籐次様でも大汗やら冷や汗をたっぷりと掻かれたことでしょうよ」

と呆れた観右衛門が、

「おい、だれか。赤目様に大丼で酒を持ってきなされ」

と命じた。

おりょうの許で飲んだ酒はとっくに醒《さ》めて小籐次の喉はからからだった。

「さりながら、このことは赤目小籐次様にとって吉兆にございますぞ。赤目様の武名がいよいよ江戸に知れ渡った証しですからな。青山様もなんとか知り合いになっておきたい、あわよくば御用の手伝いをさせたいと考えてのことです。また一段と忙しいことになりそうだ」

「奉公を辞めた身ですぞ、観右衛門どの。他人様《ひとさま》に使われるのはいくら老中とて面倒じゃ」

「赤目様くらいですよ、そのようなことをお言いになれるのは」

と苦笑いした観右衛門は、汚れた尻を綺麗にお湯で拭われ、気持ちがよくなった駿太郎が機嫌を直し、重湯を満足そうに飲んでいる様子をちらりと見た。

「それにしても、おりょう様にそのような縁談話がな」

「久慈屋さんは御城方にも顔が広い。高家肝煎畠山様の評判を聞いたことがござらぬか」

小籐次が問うと、

「いささか承知しております」

と懸念の顔で頷いた。そこへ若い女中に駿太郎を委《ゆだ》ねたおまつが、盆に空の茶碗と大徳利を載せて運んできた。

「大井では大番頭さん、いくらなんでも味気ないからねえ。酔いどれ様が手酌で飲めるように茶碗にしましたよ」

「よいよい」

「おまつどの、親子ともども世話になる」

「酔いどれ様なれば致し方ないですよ。なんぞ酒の肴《さかな》を持ってこようか」

おまつが言いながら一杯目の酌をして釜の前に戻った。大勢の奉公人が働く久慈屋は、夕餉《ゆうげ》の仕度の真っ最中だった。だが、男二人が向き合う大黒柱の下には別の時間が流れていた。

「畠山様が高家肝煎に選ばれなされたのは先代からでしてな。たしか当代の頼近様はどこぞから養子に入られたと聞いております。先代はなかなかの人望で大名方にも評判のよき方でしたがな、頼近様のよい噂はあまり巷《ちまた》には聞こえてきませぬな」

と答えた観右衛門が、

「茶会の席で波風を立てる人物でございましたか。おりょう様の危惧があたっておらぬとよいが」

と案じ顔をし、小籐次に念を押した。

「赤目様、おしん様に畠山頼近様の身辺のお調べを頼みに行かれたのですな」

「いかにも」

小籐次はようやく落ち着き、手にしていた茶碗の酒を嘗《な》めた。

「ならば早晩、畠山様の人柄がなんぞ判明しましょう。念のためです、うちでもちょいと問い合わせてみましょうか」

観右衛門が小籐次に言い出した。

大名諸家、大身旗本の屋敷に出入りする紙問屋久慈屋の情報網はなかなかのものだった。特にどこの屋敷の内所が苦しいとか豊かだとか、金銭面の情報は確かなものだった。

江戸時代、紙はなくてはならぬものでどこの屋敷も大量に消費した。それだけに屋敷の奥深くに入り込んでいたのだ。

「お願い申す」

小籐次は頭を下げた。

「高家肝煎は城中の礼儀作法、仕来りの指南役だけに何十万石の大名方が頭を下げて教えを乞われる。それを勘違いすると、浅野内匠頭《たくみのかみ》様と吉良上野介《こうずけのすけ》様のような陰険なことになり刃傷沙汰《にんじようざた》も起こりかねませんからな。これは注意が必要ですぞ」

と自ら言い聞かせるように観右衛門が呟いた。

「ご面倒を重ね重ね」

「そのような挨拶はどうでもようございます。こちらにも一つ二つお願いがございます」

「なんなりと」

「水戸家からの使いがうちに参られて、春を迎えましたら一度、水戸へ赤目小籐次様をお招きしたいとのことですぞ」

「水戸様からお誘いでござるか」

御三家の水戸藩では、小籐次の創意工夫したほの明かり久慈行灯を江戸で売り出し始めていた。

「赤目様が指導をなされて作られた行灯の評判が上々でしてな、とくに吉原の花魁《おい らん》に大人気とか。水戸ではさらに新しいものを工夫したいとの魂胆で赤目様をお招きするのですよ」

観右衛門の口調は満足げだ。

久慈屋の先祖は水戸領内の出で、今も本家はあちらにあって西ノ内紙作りに携わっていた。そして、水に強い西ノ内紙を『大日本史』の編纂《へんさん》に利用して江戸に広めたのが水戸光圀《みつくに》であり、販売を担当したのが久慈屋だった。

この行灯作りも、最初の切っ掛けは西ノ内紙の新しい販路を広げる意味合いで始まったのだ。行灯が売れれば西ノ内紙もそれだけ売れ、江都《こうと》に名が高まるということだ。

それが観右衛門の上機嫌の理由だった。

「私もお供しますでな、春先に体を空けておいてくだされ」

「水戸行きに駿太郎を伴ってよかろうか」

「余人なれば御三家水戸様のこと、一喝なされましょう。ですが、天下無敵の酔いどれ小籐次様に駄目だと言えるものですか。駿太郎ちゃんは養子とは申せ、立派な倅《せがれ》です。父子で道中してだれに文句を言わせましょうか」

観右衛門の口ぶりからは、すでに水戸の使者とその件を話し合った様子が窺えた。

「承知致した」

これまでの経緯を考えればそう答えざるをえない。

「水戸様の件はこれで片付きました。赤目様、うちでも隣りの京屋喜平《きょうやきへい》様方でも研ぎの要る道具がだいぶ溜まってましてな。菊蔵さんなんぞは日参で、師走のうちになんとかさっぱりしたい、と私に談判なされておりますぞ」

と切り出した。

菊蔵は隣りの足袋問屋の京屋喜平の番頭である。

小籐次はしばらく深川の蛤町裏河岸《はまぐりちょううらがし》にも研ぎ商いに行っていないなと心にかかったが、順としては足元から仕事を片付けていくしかあるまいと覚悟をした。

「今晩、こちらの道具を預かって参る」

「夜明かしで仕事をなさると申されるか」

「残りは朝から店に参り、仕事をしますでな」

そうと決まればのんびりもしていられない。小籐次は茶碗に残った酒を飲み干すと、

「観右衛門どの、本日はこれにて失礼致す」

と立ち上がった。

「酔いどれ様、駿太郎ちゃんの機嫌も直りましたよ。夕餉をうちで食して行かれませんか」

おまつが小籐次の気配を感じて釜の前から聞いてきた。

「番頭さんから仕事を頂いた。夜明かしをせねばならぬほど仕事も溜まっておる。今宵は失礼致そう」

「おまつさんや、赤目様にな、夕餉をお持たせするのですぞ。それと、この徳利も一緒です」

観右衛門が命じた。

「合点承知ですよ、大番頭さん」

「ご両者、お待ちあれ」

「へへえっ、と答えたくなりますがな、どうなされました」

「駿太郎をおぶったうえに研ぎの刃物を抱えると、その他のものは持てませぬ。お気持ちだけ頂戴致そう」

「四家を始め多くの刺客が狙う酔いどれ様に、貧乏長屋の引っ越しのような真似をさせることができますか。小僧の国三に小舟で長屋裏まで送らせますよ。国三、近頃、艪《ろ》の扱いを覚えてうずうずしておりますからな」

と請け合った観右衛門が店に姿を消し、たちまち手配を終えた。

小籐次と駿太郎は国三が漕ぐ小舟で久慈屋の船着場を離れた。

「国三さん、艪が漕げるようになったそうだな」

久慈屋では沖合いからの荷揚げや、屋敷や大店《おおだな》への配達に大小の船を所有していたから、奉公人は竿《さお》や艪の扱いを習わされた。だが、小僧のうちはまだ体もできていないというので扱わせてもらえなかった。

このところ国三の身丈が急に伸び、矮軀の小籐次と肩を並べるほどに成長していた。

「まだ内海や大川に乗り出してはいけないんです。でも、大番頭さんから堀ならばよかろうと許しが出ましたよ」

国三は嬉しそうだった。

「新米船頭どの、お手並みを拝見しようか」

国三は見よう見真似で覚えた艪捌《さば》きで小舟を夕暮れの水面に乗せた。

師走の風が吹きぬけて小籐次の顔に当たった。すでに堀には夕闇が漂い、行きかう舟の灯りが水面に映じて揺れていた。

「赤目様、駿ちゃんをおりょう様に預けていたんですね」

このところ姿が見えなかった駿太郎の預かり先を言い当てた。

「いかにもさようじゃ」

「酔いどれ様でなければできない芸当ですよ」

「礼儀知らずと言われるか」

「そんなこっちゃありません。なんだか知らないけど、女衆に酔いどれ小籐次様の評判がいいんですよ。おまつさんだって、赤目様の世話ならば喜んでするものな」

と感嘆した。

「年寄りが子育てに苦労しておるのを見かねたのであろう」

「違うな。赤目様は女衆の気持ちを安心させるなにかをお持ちなんですよ」

と国三が考えを披瀝《ひれき》した。

「国三さんや、それは買い被り、考え過ぎじゃぞ」

「いえ、違います」

とはっきりと小籐次の言葉を否定した国三が、

「背は低い、顔はどう掛け値をしても醜男《ぶおとこ》だ。お金も持っていないようだし、おまけに赤子まで連れている。それで女衆が放っておかないってのがおかしいですよね」

と国三の言葉に力が入った。

「国三さんの見方が違っておるのだな。女衆は困っている男を助けるものなのだ」

「そうかなあ」

と艪にしがみつくように漕ぐ国三の小舟は汐留《しおどめ》橋の下を潜《くぐ》り、芝口新町への堀留に入っていった。

「なかなかの腕前じゃぞ。この分なれば、そう時間もかからんで内海にも出られよう」

「赤目様、大番頭さんと水戸に行かれるのですね」

「話を聞かれたか」

「聞き耳を立てていたわけではありませんよ。大番頭さんの声は大きいですから耳に入りました」

「春先に行くことになりそうだな」

「駿太郎ちゃんも一緒でしょう」

小舟の先に堀留の石垣と新兵衛長屋の灯りが見えてきた。勝五郎が庭に立っているのも見えた。厠《かわや》に行ったところか。

「そうお願いしたところだ」

「赤目様、駿太郎ちゃんを連れていくなら、お守りが要りますよ」

「大家の旦那が旅をするのではないわ。駿太郎の世話くらい、わしがなんとか致す」

「だけどさ、水戸様の作事場に駿太郎ちゃんを連れてはいけませんよ。だって御三家の御城ですよ」

「そうじゃな。赤子を連れて登城はできまいな」

「でしょう」

小籐次は国三がなにを考えてのことかと訝った。

「国三さんや、話がちと遠回りじゃな」

「だからさ、お供に私を連れていって下さいな。赤目様が大番頭さんにさ、掛け合って下さい」

「そういう話であったか」

「水戸行きはいつも手代の浩介さんがお供ですよね。今度ばかりは浩介さんも行かれないと思うんです」

「なぜそう思われるな」

「だって忙しいもの」

「いつだって手代さんは仕事繁多であろう」

「赤目様、内緒ですよ。約定して下さいな」

「なにか知らぬが、喋《しゃべ》るなと申されれば喋るまい」

「浩介さんはさ、お嬢様のおやえさんの婿《むこ》になるんだと思うな。だから、今度、水戸なんかにお供している暇はないんですよ」

「そうか、そうであったか」

手代の浩介が久慈屋の奥に絶大な信頼があることは小籐次も気付いていた。小籐次と久慈屋の一家が最初に箱根山中で知り合ったときも浩介が供で従っていた。また大事な御用の水戸行きも浩介が小籐次に同道していた。

小舟が石垣に舳先《へさき》をどすんとぶつけて停止した。

「だからさ、水戸行きのお供は心を許し合った国三をと、ぜひ大番頭さんに推して下さいな、赤目様」

「そんな折には考えておこうか」

小籐次は石垣に手を突くと、研ぎにかける刃物や重に詰めた夕餉や徳利を舟から長屋の敷地に上げた。

「おや、酔いどれの旦那、駿太郎とご帰館か」

駿太郎が勝五郎の問いに、あぶあぶと上機嫌な声で応え、

「いいか、夜泣きをするんじゃねえぜ。おまえ様は侍の子なんだからな」

と勝五郎が釘を刺した。

「国三さん、助かった」

「大事な話、忘れないでよ」

「承知致した。暗くなったで、気を付けて戻られよ」

小籐次は駿太郎を負ぶったまま、
ひょい
と小舟から石垣の上に飛び上がった。

二

駿太郎が久しぶりに戻ってきたというので、長屋の住人と差配のお麻にお夕の親子が顔を出して迎えた。

住人の姉さん株のおきみが、

「酔いどれの旦那、盥でさ、湯浴みをさせて寝かせたほうがさ、駿太郎ちゃんの寝付きがよくないかえ」

「夜泣きもしねえかもしれねえな」

と勝五郎が応じ、小籐次の部屋の竈に火が入れられて、釜で湯が急ぎ沸かされることになった。

「お夕、おせつさんのところに行き、お乳をもらってきておくれ」

と母親が命じ、娘が木戸口へ走った。

おせつは、お麻が差配する別の長屋に数カ月前引っ越してきた職人一家の、若いおかみさんだ。おせつにも駿太郎より幼い赤子がいるというので、しばしば貰い乳していた。その長屋も久慈屋の持ち物だから、なんとなく身内意識が働いて、あっさりと受けてくれた。

駿太郎はおきみに抱かれ、皆に声をかけられたり、触られたりしてご機嫌だ。

小籐次は行灯の灯りを点したり、板の間を湯浴みの場所に整えたりと主の働きをした。いつもは井戸端にある盥を勝五郎が運び込んで板の間に据えれば仕度はなった。

小籐次は最後に盥のかたわらに手拭、おむつ、着替えなどを出した。さらに竈の前で薪《まき》を時折くべながら火の具合を調節した。そこへお夕が手ぶらで戻ってきた。

「お夕、おせつさんはいなかったの」

「おっ母さん、おせつおばさんは市ちゃんを寝かせ付けていたの。市ちゃんが眠ったら、こちらに出向くって」

「それは有難い」

小籐次が応じ、茶碗を二つ持ち出し、

「勝五郎どの、どうだ、一杯」

と徳利の酒を注いで、今や手持ち無沙汰の隣人に差し出した。

「酒を馳走になっちゃあ、夜泣きがどうのこうのと言えなくならあ」

と言いながらも元々好きな酒だ。両手で受け取った。小籐次はついでに自分の茶碗にも注いだ。

「なにはともあれ、これがありゃ景気がつこう」

勝五郎がいうと、

「駿太郎が早う大きくなって、わしと酒を酌み交わすようになるとよいがのう」

「酔いどれの旦那、駿太郎ちゃんが酒を飲める年まで長生きする気か」

「うーむ、そのことを忘れておったわ」

男二人が無責任な会話を交わしながら一杯の茶碗酒を飲み終える頃合、釜の湯も沸いた。

「よし、おれがやらあ」

と勝五郎が腕まくりして釜の湯を盥に移し、お麻が水を差して湯加減を調節した。小籐次が湯浴みをさせようと立ち上がりかけると、

「男衆は奥にいったりいったり」

とおきみが男たちを追い立て、お麻と二人して駿太郎の湯浴みをする気だ。

「よいのか、任せて」

「まあ、小籐次の旦那の苦労も分らないじゃないからね。偶《たま》には仏心で手を出す

よ」

　さすがに女二人は手際がよい。たちまち駿太郎が裸にされ、盥の湯に浸《つ》けられて、

「きゃっきゃっ」

　と上機嫌のときの笑い声を上げた。

　勝五郎が竈の火を調節しつつ新たな水を入れた釜をかけた。上がり湯というわけだ。

「なんだか、殿様にでもなった気分じゃのう」

　小籐次は茶碗に二杯目の酒を注いだ。

「これで仕事がなければ言うこともないがな」

「夜鍋かい」

　と勝五郎が上がり框に置かれた布包みを見た。

「久慈屋さんの道具を預かって参った。近頃、あれこれとあったで、久慈屋と京屋喜平さんの道具がだいぶ溜まっておるそうだ」

「仕方ねえな。おれっち職人はよ、仕事があるときが華だ」

「いかにもさよう」

と小籐次が応じるところへ若い娘が長屋の戸口に立った。細身の整った顔立ちだが地味な印象の娘だった。

「あら、おせつおばさんだ」

とお夕が盥の脇から声を張り上げて、小籐次は乳をくれるおせつと知った。齢はおそらく十八、九歳か。

「おせつどの、わしが赤目小籐次、駿太郎の父親にござる。度々貰い乳を致し申し訳ござらぬ」

といきなり小籐次に挨拶されたおせつは困惑の様子である。戸口でもじもじと動かなくなった。

「おせつさん、狭いけどこちらに上がって」

それでもお麻の声に誘われたおせつが盥の組に加わり、さらに駿太郎がご機嫌になった。

「おまえさん、盥の湯を替えておくれな」

とおきみに命じられた亭主が、

「あいよ」

と気軽に土間に下り、盥の汚れた湯をどぶに捨てて、新たな湯を張り直した。

「すまぬな、勝五郎どの」

「まあ、長屋の暮らしは相身互いだ」

勝五郎が徳利の前に落ち着き、小籐次が三杯目の酒を注いだ。その酒を勝五郎が飲み干す前に駿太郎の湯浴みが終わり、おせつに抱き取られて板の間の壁に向って座ったおせつから乳を直《じか》にもらった。

その光景に見入るのは子供のお夕だけだ。

「おっ母さん、駿太郎ちゃんたらおせつおばさんのおっぱいを夢中で吸っているよ」

「駿太郎が直に乳をもらうのは滅多にないからのう」

駿太郎に乳を含ませる母親はすでにこの世の人間ではない。ただ一人深川海福寺裏の職人長屋のおさとが駿太郎に乳を与えてくれる。

「やっぱりよ、酔いどれの旦那、男手ひとつでは赤子を育てるのは無理だぜ」

「そうは申されても今更な。皆の衆に世話をかけるが、よしなに頼む」

と小籐次が答えると、おせつが後ろ向きのまま授乳しながら、

「赤目様、お仕事の折、駿太郎さんをうちに連れてきて下さい。どうせ市平の面倒を見るのですから、一人も二人も同じです」

とおさとと同じ申し出をしてくれた。

「いや、一人が二人に増えると何倍も面倒がかかろう。だが、おせつどの、その申し出が真なればお願いがござる」

「なんでございますか」

おせつが顔だけ小籐次に向けた。

小籐次はそのとき、おせつが未《ま》だ十六、七歳ではあるまいかと思い直した。体付きがまだどことなく大人の女になりきってないように思えたからだ。

「亭主どのは職人と聞いたが、出職《でしょく》じゃな」

「神輿《みこし》師で、神田の親方の作業場へ雨の日も出かけていきます」

「神輿師か、飾りを作っておられるか」

「いえ、白木でお神輿の本体をこさえる大工職です。日中は長屋にはおりませぬから、お預かりしても大丈夫です」

「わしは、駿太郎を引き取ると決めた折、できるかぎり他人様に迷惑をかけずに育てようと決心した。だがな、今宵のように他人様の親切にすがらねばどうにもならぬことも勉強し申した。おせつどの、どうしてもの時は願ってよいか」

「はい」

念を押す小籐次におせつがすかさず答えると、傍らからお夕が、

「おせつおばさんが市ちゃんの世話をしているとき、私が駿太郎ちゃんをおぶっているわ」

と口を添えた。

「お二人さん、ご親切忝《かたじけな》い」

「これで酔いどれの旦那も仕事に打ち込めるってわけだ」

三杯の茶碗酒で顔を真っ赤にした勝五郎が言う。

「おせつどの、今一つ受け入れてほしいことがあるのだ」

「なんでございましょう」

授乳を終えたおせつが襟元を直して小籐次に向き直った。その腕の中で安心し切った駿太郎がこっくりこっくりと眠りかけていた。

「そなたが最初ではない。仕事先の深川にも前例があるのだが」

と小籐次は前置きして、おさとの例を挙げ、

「駿太郎をそなたが預かってくれるとこちらは仕事が捗《はかど》り、稼ぎにもなる。そこでな、駿太郎の預かり料を些少だが、受け取ってくれぬか」

「なんだ、そんなことか。長屋の住人同士でそんな話はねえぜ。銭が欲しくて乳

をやる女なんてこの界隈にはいねえよ」

勝五郎がおせつの返答を奪い、言い切った。

「勝五郎どの、お言葉じゃがな、なにかをして鳥目《ちょうもく》を頂く。これは大事なことなのだ。わずかでも稼げると思えば責任もわこう。おせつどのの世話でわしは御用ができる。となれば、その親切に報いるのは当然のことだ。長く付き合うこつでもござろう。時に物事割り切る場合も要る」

「そうかねえ」

と首を傾《かし》げる勝五郎に言葉を添えたのはお麻だ。

「赤目様の申し出、失礼ながら双方にとって大変よいことだと思います」

お麻は差配だけにおせつの家の内情も承知か、そう言い切った。

「差配のお麻さんに言われちゃ仕方がねえ」

「勝五郎どの、わしがおせつどのに支払える銭など、そう皆が思い惑うほどの額ではないぞ」

「まあ、旦那も研ぎ仕事が生計《たつき》だものな。だれも一日何両も稼げると思ってねえよ」

と勝五郎も得心した。

「なにより駿太郎が喜び、わしも助かることじゃが、おせつどの、どうかのう」

「駿太郎さんをいつ何時でもお受け致します」

とおせつが快く受けてくれた。

「早速じゃが、明日半日ほど預かってくれぬか。ちと外仕事があってな」

おせつが頷き、駿太郎を抱いて立ち上がった。寝かせるためだ。畳の間から小籐次と勝五郎が板の間に移り、おきみが手際よく夜具を敷きのべて駿太郎が寝かされた。じりじりと行灯の灯心が燃える音に、
すやすや
と駿太郎の寝息が重なり、新兵衛長屋に静かな師走の夜が更けていこうとしていた。

そのとき、突然木戸口で、

「ていしゅのすきな赤えぼしぃ、びんぼうひまなし、おっとっと。長屋のれんちゅう、はたらけはたらけ！」

と怒鳴る新兵衛の喚き声が起こり、お麻が、

「お父つぁんたら、また世迷言を叫んで」

と言い残すと、小籐次の部屋から飛び出し、お夕も続いて消えて直《す》ぐに、

「じいちゃん、もう夜中よ。叫ばないで！」

と惚けのせいで正気を失った新兵衛を宥《なだ》めるお夕の声が聞こえてきた。

ああっ

と勝五郎が溜息を洩らし、

「駿太郎が眠ったと思ったら、今度は新兵衛さんの世迷言だ」

と嘆いた。

「勝五郎どの、そのうちな、わしが刃物を研ぐ音が加わる。賑やかでよいではないか」

「冗談はよしてくんな。師走だというのによ、こっちには仕事も回ってこねえんだよ。版木屋の番頭め、おれのこと忘れてんじゃねえか」

と勝五郎は心の中の心配を口にした。

「勝五郎どの、今晩はゆっくり休まれよ。明日にも必ずや仕事が舞い込むでな」

「ならば小便して寝よう」

勝五郎が消え、

「お侍様、明日は駿太郎ちゃんを受け取りに参りましょうか」

「いや、それには及ばぬ。久慈屋さんに参る途中に長屋に立ち寄る」

「待ってます」

　とおせつが去り、最後に、

「旦那、これから仕事かえ、大変だな」

「駿太郎を飢えさせるわけにはいかんでな」

「せいぜいお稼ぎ」

　おきみが盥を手に部屋から最後に出た。

　小籐次は邪気もなく眠り込む駿太郎の顔を覗き込み、板の間に道具を配置して、仕事の仕度を始めた。久慈屋から預かった紙を裁断する大刃から鋏《はさみ》まで十数丁あった。

「夜明かししても終わらぬな」

　独り言ちた小籐次は、茶碗に残った酒を口に含むと飲み干した。

　おまつが持たせてくれたお重には握り飯が三つ、鶏肉、里芋、人参《にんじん》、昆布、蒟《こん》蒻《にゃく》の煮しめ、連子鯛《れんこだい》の焼き物が入っていた。

「ご馳走だな」

　小籐次は白湯《さゆ》でおまつの心づくしの夕餉を食した。

　満腹した小籐次は作業に入った。

研ぎ桶の前に座し、片足を踏まえ木にかけて前傾姿勢を取った。

大刃を桶の水に浸し、砥石の滑面にもたっぷりと水をくれた。そして、浸した大刃を摑むと、刃を砥石に寝かせ、ゆっくりとした動きで研ぎ始めた。

小籐次はこの夜、八つ(午前二時)の刻限まで作業に没頭した。

駿太郎が夜泣きを始め、我に返った小籐次がおむつを替えてやると、駿太郎はまた直ぐに眠りに戻った。

道具はまだ五、六丁残っていた。

「明日じゃな」

小籐次はそう呟くと道具を片付け、徳利に残っていた酒を茶碗になみなみと注いだ。数刻研ぎ仕事に没入したので、喉がからからに渇いていた。

「頂戴致す」

小籐次は両手に抱えた茶碗を捧げ、口から迎えにいった。

酒の香りが鼻腔を擽った。

茶碗を傾けると一気に、
くいくいっ
と喉を鳴らしながら胃の腑に落とした。

からからに渇いた体内に深夜の酒が染み渡り、強張った筋肉がほぐれていくのを意識した。

「干天《かんてん》の慈雨とはこのことよ」

独り言を言った小籐次は土間に下りると戸を開け、厠にいった。

井戸端の脇から夜空を見上げると満天の星が煌いていた。

年の暮れがそこまで迫っていた。

小便をしながら、まずおりょう様の一件を年内になんとかせぬとな、と思った。

腰を振り、小便の雫《しずく》を切ろうとしたとき、苛立《いらだ》つような殺気を感じ取った。

(何者か)

と己の心に問うたところで答えは出ない。無駄なことだった。

小籐次は最後のひと雫を切ると、厠から後ろ向きに下がった。もし危害を加えようとする者ならば、攻撃の瞬間だった。だが、その様子はない。

小籐次は新兵衛長屋を見回した。

住人のだれかが取り込み忘れた洗濯物が、風に揺れていた。

どこからこの殺気はくるか、小籐次は気配を探ったが分らなかった。はっきりとしたことは相手に襲う気持ちがないことだ。

（ならば放念することだ）

小籐次は自らに言い聞かせると、ゆっくりとした歩調でどぶ板を踏み、部屋に戻った。すると、開けっ放しにしていた戸口に、訪問者が残したと思えるかすかな匂いが漂っていた。

化粧の香りか。

駿太郎の様子を確かめた。

規則正しい寝息をさせながら眠り込んでいた。

小籐次は狭い土間に入った。すると、上がり框に紙で折られた鶴一羽が残されていた。後ろ手で戸締りをした。

「手のこんだことをしおるわ」

小籐次は折り鶴を取り上げ、行灯の傍らに行き、解いてみた。すると、流麗な女文字で、

「ごようじん、北村おりょうにごようじん

いのちおしくばよけいなおせっかいむようむよう」

とあった。

「要らざることを」

小籐次は警告の文を行灯の灯りに翳《かざ》して燃やした。炎が上がり、女文字が炎に歪んで黒くなり、消えた。

小籐次は駿太郎の傍らに横になると、夜具を引っ掛け、眠りに就いた。その直後に小籐次は鼾《いびき》を発しながら眠りに落ちていた。

三

小籐次は研ぎ残った道具を久慈屋に持ち帰り、いつものように店頭の一角に店開きさせてもらい、東海道の往来の風景を眺めながら仕事を続けることにした。

東海道芝口橋の上には注連《しめ》飾り売りが店を出し、通りがかりの人に声をかけていた。年の瀬を迎えた往来はいつもより人、馬、駕籠、大八車が繁く行き交い、喧騒さえ感じた。また水上にも荷足り船が多く、船頭たちも必死で艪を漕いで先を急いでいた。

小籐次は洗い桶の上に藁《わら》づとを載せ、竹で作った風車や竹とんぼを突き立てて看板がわりにしていた。

師走の風に風車がゆっくりと回って、ここだけは別の時が流れていた。

小籐次が三本目の大鉄を研ぎ終わろうとしたとき、京屋喜平の職人を束ねる円太郎親方が両腕に足袋作りに使う商売道具を抱えて姿を見せた。

「赤目様、久慈屋さんの道具が一段落ついたらな、うちのもお願い申しますよ。私の赤目様の研いだ道具を使ったら、もう他の道具では仕事はできませんでな。真似してか、半人前の職人まで最近では赤目様の研いだ道具で仕事がしたいなんて、生意気を抜かしやがる。そんなわけで手入れする道具にこと欠きませんや」

と、どっさり置いていった。

「うーむ」と唸ったが致し方ない。

「赤目様、こういうのをなんと言うか知ってますか」

「思いつかぬのう、国三さんや」

「貧乏人の節季働きと言うんですよ」

「そうか、師走になって急に尻に火が点《つ》いておるものな。いかにも貧乏浪人の節季働きにござる」

小籐次が苦笑いするところに、町内の鳶頭《とびがしら》が松、竹、縄などを担いだ鳶を従え、姿を見せて、

「酔いどれの旦那、商売の鼻先を騒々しくするがいいかえ」

と許しを乞うた。

「好きになされ」

大番頭の観右衛門が帳場格子から出てきて、

「頭、赤目小籐次様はな、竹を扱わせたら天下一品ですぞ」

と余計なことを言い出した。

「大番頭さん、酔いどれ様は御鑓の首を叩き斬るだけじゃないんで」

「とんでもないことでございますよ。ほれ、この藁づとに立てられた風車も竹とんぼも赤目様の手作りですぞ」

鳶頭が、

「酔いどれの旦那、いいかねえ、手に持ってよ」

「お好きになされ、これは客への引き物でな。頭に孫がおられれば持っていかれよ」

「えっ、ただかえ」

と驚いた鳶頭が風車を藁づとから抜くと、回っていた羽根がゆっくりと動きを止めた。その細工を仔細に見ていた鳶頭が、

ううん

と唸った。

「どうですね、頭」

「こりゃ、玄人《くろうと》はだしなんてもんじゃねえ。これだけ竹を薄くして羽根に美しく円《まる》みを帯びさせるなんて、並の竹職人にゃできねえや。こいつをほんとにただで引き物にするって」

「赤目様は欲がございませんのさ、頭」

「赤目様、頂戴してよいかねえ」

「好きなだけお持ちなされ」

鳶頭が風車と竹とんぼを一つずつ手にして、道具箱に大事そうに仕舞った。

「これで孫に土産ができましたぜ」

そう言いながら微笑んだ鳶頭は、連れてきた鳶を差配して久慈屋の門松《かどまつ》飾りを作り始めた。

小籐次は昼前まで、門松飾りができるのと競争するように刃物を研いだ。

手を止めたのは昼餉に呼ばれて台所に行ったときだった。このとき、観右衛門が相伴して昼餉をとった。

「大番頭どの、本日は昼から早仕舞いさせて頂く。おりょう様の一件で大和横丁まで参る」

「明日も見えますな」

「年内にも、こちらと京屋喜平さんのお道具の手入れを終えんとな」

と答えつつ、小籐次は蛤町の贔屓《ひいき》先などに不義理しているなと想いを馳せた。

「どうです、赤目様。今晩、うちで仕事をなさいませぬか。駿太郎さんを面倒みる女衆はいくらもおりますよ」

「そのようなことができようか」

小籐次は久慈屋で仕事ができれば駿太郎の面倒ばかりか、なにかと便利ではあった。今晩から明日一日頑張れば久慈屋と京屋喜平の仕事は終えられよう。となれば、一日は深川の得意先に、そして大晦日には浅草駒形堂近くの畳屋備前屋に顔見せしてお礼がわりに道具をさっぱり研ぎ上げることができた。

「なにかと物騒な師走です。赤目様が店先で仕事をしていれば、私どもは安心して眠りに就けますしな。赤目様が休む部屋はどこにでもございますぞ」

「なんの、駿太郎を預かって頂けるだけで大助かりです。どてらを一枚貸して頂ければ店の板の間で仮眠致します」

「それが気楽と申されるならば、夜具を一組、店の板の間に敷かせておきます」

「駿太郎を引き取り、店が暖簾を下ろす刻限には戻って参る」

話が決まった小籐次は早々に立ち上がった。


半刻（一時間）後、小籐次の姿は大和横丁にあった。

昼間のことだ、それに小籐次の特異な体付きでは姿を変えようもない。おりょうも小籐次の同道を薄々察していたようだ。そこでいつもの一張羅《いっちょうら》に破れた菅笠、縁には三つほど竹とんぼが差し込まれてあった。

その羽根の両端は刃先のように薄く鋭く研いである。

間もなく旗本水野監物の下屋敷から乗り物が出てきた。連れは乗り物を担ぐ二人の陸尺《ろくしゃく》の他、中間一人に若い女中の、おそよだった。

乗り物の中からおりょうの視線を感じた小籐次は静かに菅笠の頭を下げ、同道することを示した。

大和横丁を出たおりょうの一行はひたひたと芝二本榎から伊皿子台町に向かい、その辻で東海道方向には下ろうとせず、寺町が続く魚籃《ぎょらん》坂へと上がった。

寺町が途切れ、麻布永松町で新堀川へとぶつかった。一行は川岸を右へと折れ、里では肥後殿橋と呼ばれる三之橋で対岸に渡った。

正月が近いことを思わせて、土手では子供たちが手作りの凧《たこ》を上げていた。

二之橋、通称間部橋を過ぎて一之橋の手前で左手に曲がり、飯倉新町から石見浜田藩の下屋敷の西側を通って、芋洗《いもあらい》坂の北に出た。

おりょうの実家の北村家は今井谷と聞いていた。ならば、もうそう遠くはあるまいと小籐次は踏んだ。

大和横丁を出て半刻余り、氷川神社の裏手にある御歌学者北村季文と分家の北村舜藍の渋みのある屋敷が軒を並べる今井谷に到着した。

敷地は四百から五百坪か。

おりょうの乗り物が消えたのは、当然のことながら実家の舜藍の門の中だ。門を潜る前に乗り物から声がかかったか、一瞬乗り物が止まり、小籐次の姿を探す様子が感じ取られた。

二軒の屋敷は氷川様の杜《もり》と接しており、師走だというのに物音一つなくひっそりとしていた。

小籐次は乗り物が消えたのを見て氷川様の境内《けいだい》に入り、北村家の門前が木《こ》の間隠れに見える場所に庭石を見つけて腰を下ろした。そこでおりょう一行が出てくるのを待つことにした。

文政元年の年もあと三日、小籐次は氷川様の境内に漂う空気に同化でもしたようにひたすら待った。

久しぶりの里帰りであろう。ましておりょうの縁談話だ。そう簡単に済むまいと小籐次は考えていた。もし、おりょうが実家で夕餉でも食そうものなら、駿太郎をおせつの長屋に引き取りにいく刻限が遅くなり、久慈屋での徹夜の仕事にも差し支える。だが、小籐次はひたすら石のように待った。

おりょうの乗り物が消えて一刻（二時間）足らず、閉じられていた門扉が開いて乗り物が姿を見せた。

小籐次の待つ身を察して、おりょうが早々に実家を辞去したか。

刻限は七つ半（午後五時）前と小籐次は推測した。

鬱蒼《うっそう》とした氷川様の裏手の今井谷界隈はすでに夕闇が降りていた。

中間が提灯《ちょうちん》を点し、先導していく。来た道を引き返すかと小籐次が考えていると、乗り物は氷川様の裏門から境内へ入ってきた。

どうやら本殿に回り込み、お参りをしていく様子だ。

小籐次が動こうとした瞬間、おりょうの一行に尾行者がいるのを感じた。

（北村家は見張られていたか）

往路は感じられなかった監視の目だ。

小籐次はおりょうの乗り物が視界から消えるのを待ち、監視の目を探った。だが、どこにいるのか判然としなかった。ただ一人ではない。三人、あるいは四人の目が乗り物を囲んでいるように思えた。

一行の気配が消えて、小籐次はおりょうが辿《たど》ったのとは反対側の、本殿北側の回廊下を音も立てずに走った。

おりょうは参道の端に乗り物を止めさせて下りた。おそよが草履《ぞうり》を揃《そろ》え、おりょうが乗り物から外に出るのに手を貸した。

おりょうにとって氷川様は幼き頃からの遊び場所だ。どこも懐かしく掌《たなごころ》を指すように承知していた。

供の者に乗り物の側に残ることを命じ、一人だけ拝殿前へと進んだ。

大きな注連縄は取り替えられたばかりか、清々《すがすが》しく、左右の柱には松竹飾りが添えられていた。

胸の中に漂う鬱々とした思いを拭いさるように、おりょうは頭《こうべ》を垂れて参拝した。

その様子を小籐次は回廊下の薄暗がりで見ていた。

境内の石灯籠《いしどうろう》に灯りが入り、それが力を増そうとしていた。灯りが、憂いの漂うおりょうの横顔をぼんやりと浮かばせた。

おりょうの口からなにか言葉が洩れた。だが、小籐次には聞こえない。

その瞬間、尾行している者が動いた。

小籐次は見た。

柊《ひいらぎ》売りの恰好をした三人の影だ。

おりょうは驚くふうもなく顔を上げ、迫り来る三つの影を見据えた。

顔を白い布で覆い、髷《まげ》には柊の枝を差し、手に豆の枯茎と鰯《いわし》を持っていた。派手な小袖の裾を後ろ帯にたくし込んで、下にはふんわりとした白股引《しろももひき》に脚絆《きゃはん》に草鞋《わらじ》がけという恰好だ。さらに胸の前に頭陀《ずだ》袋を下げていた。

ただの柊売りではなかった。

腰に小太刀を差し込んでいるのが、この柊売りを異なものにしていた。

柊売りは節分、寒明けに江戸の町々に柊を売りにきた。多くは大晦日《おおみそか》以前、年によっては正月十日くらいまでも姿を見せた。それだけに、この姿で師走の町を歩いても怪しまれなかった。

「何者です」

おりょうの声が凜然《りんぜん》と響いた。

「御厄はらいましょ、厄落とし」

と答えた三人の柊売りがおりょうの周りをくるくると回り始めた。一人はどうやら女のようだ。

乗り物で待つ中間らはなぜか金縛りに遭ったように、おりょうの危難を見ても体を動かすことができなかった。

「ちと考えを変えまっしょ変えまっしょ」

三人の頭分が髷の柊を抜き、仲間の二人が豆の枯茎と鰯を構えた。

おりょうが胸元に携えた懐剣に手をかけた。

小籐次は破れ笠の縁から竹とんぼを抜き取り、親指と中指に挟み込んだ。

「柊売り、血迷うたか」

小籐次の声が拝殿前に響いた。

柊売りが暗がりから浮かび出た小籐次を見た。

「邪魔立て致すな」

頭分が命じ、手にした柊を構えた。

「師走の江戸を騒がすとは愚か者が」

小籐次の挑発に乗ったように柊の小枝が投げられた。きらきらと光る小枝の先に鋭く尖《とが》った刃が装着されていた。それが小籐次の顔面に向って一直線に飛んできた。

仲間の二人が豆の枯茎と鰯を同時に投げた。

小籐次の目を眩《くら》ますためだ。

竹とんぼも捻り飛ばされていた。

直線に飛び来る柊の枝に対し、竹とんぼが弧を描いて絡み付いた。

薄く鋭利に削られた竹片の羽根が、
すぱっ
と柊の枝を両断し、さらに飛来する豆の枯茎と鰯に襲いかかった。

柊売りの邪気をはらう呪《まじな》いの品々が、拝殿前の参道に二つに斬り割られて落ちた。どれも刃が隠されていた。

「おのれ」

柊売りの頭分が小太刀を抜いた。

「何者か」

「おれを知らずして襲うたか」

「お節介なる爺侍であろうが」

おりょうの口から笑い声が洩れた。

「江都一の剣客、酔いどれ小籐次様とご紹介申しても挑みかかられますか」

「なにっ！　小金井橋十三人斬りの赤目小籐次か」

「いかにもさようです」

と、おりょうが答え、闇の一角から口笛が鳴らされた。

三人の柊売りがちらりと口笛の鳴った方向を振り向くと、するすると小籐次の前から後退した。

「次はしくじりはせぬ」

そう宣告した柊売りが氷川様の鎮守の杜の闇に溶け込んだ。

「赤目様、ご苦労に存じます」

「おりょう様、なんのことがございましょうや。すでに夕闇が覆いましたぞ。急ぎお屋敷に戻りましょうか」

頷いたおりょうが、

「赤目様、おりょうの手を引いて乗り物までお願い申します」

と白い手を差し出した。

「そ、それがしがおりょう様のお手を」

「お嫌にございますか」

「無骨な手ゆえ、失礼にござろう」

「命の恩人に、そのような非礼を考えられましょうか」

小籐次の震える手がおりょうの柔らかな手をおずおずと掴んだ。

四

小籐次が駿太郎を連れて久慈屋に戻ったとき、久慈屋では表戸を下ろして半刻が過ぎていた。だが、大番頭の観右衛門は帳場格子に一人残り、帳簿を眺めていた。他の奉公人らは台所の板の間で夕餉の最中と見えて、その気配が店まで伝わってきた。観右衛門はどうやら小籐次の帰りを待って、夕餉をともにする様子だった。

通用口を跨ぎ、大番頭の姿を見た小籐次は、

「大番頭どの、遅くなって申し訳ござらぬ」

とまず詫びた。

「赤目様が詫びるいわれはございませんよ。旦那様に本日の商いをご報告申し上げていたら、今になっただけですよ」

そう答えた観右衛門が手を打つと、直ぐに一人の女衆が姿を見せて小籐次の背から駿太郎を抱き下ろし、手に提げたおむつの包みをとった。久慈屋で一番若い住み込みのおまんだ。

「おまんさん、駿太郎はつい最前たっぷりとお乳をもらって満腹しておる。そう迷惑を掛けずに眠ると思うがな」

「赤目様、気になさらなくても大丈夫ですよ」

とおまんが駿太郎を奥に連れていった。思わず、

「ふうっ」

と息を吐いた。

「赤目様、皆が夕餉の最中です、しばらく間を置いてようございますか」

「一向に構いませぬ」

小籐次は広い板の間の一角に座布団が敷かれ、真新しい水を張った桶や砥石が並べられた研ぎ場が設けられているのを見た。傍らには火鉢まで用意されてある。

小籐次はその場に座り、直ぐに仕事に掛かれるように久慈屋と京屋喜平の二軒

の店から集められた二十数本の道具を研ぎの順に並べた。

「おりょう様の里帰り、なんの異変もございませんでしたかな」

観右衛門が聞いた。顔を上げた小籐次が顔を横に振り、

「得体の知れぬ柊売りなんぞが現れましたぞ」

と氷川社の境内に姿を見せ、おりょうに悪戯を仕掛けようとした騒ぎの一部始終を告げた。

「なんということかな」

と呟いた観右衛門の顔が険しくも引き締まり、

「高家肝煎畠山家はちと奇妙なことになっておりますな」

と久慈屋の人脈を使った調べの結果が出たか、前置きした。

「なんぞ分りましたか」

「先代の畠山信胤《のぶたね》様は温厚な人柄で高家の筆頭というべき肝煎を命じられた方にございましたし、私もその昔知らぬ仲ではございませんでした。もっともこの十数年、店から動きませんで、畠山様ともお目にかかる機会を失しておりました。此度、調べて驚きました。私が承知の先代が望んで、ただ今の当主の頼近様を京の公卿三条宮中納言禎布留《よしふる》家から迎えられたそうな。三条宮中納言様は朝廷勅使

としてしばしば江戸に下向なされましたゆえ、高家肝煎として接待する畠山信胤様との間に縁ができたようです。それにしても、かような養子縁組は異例のことにございますな」

「と言うのは」

小籐次は意味が分らず問い直した。

「幕府にとって朝廷はなかなか気を遣う相手でしてな。勅使を丁重に持て成し何事もなく京へ帰着されることを幕府は望んでおられます」

「朝廷に臍《へそ》を曲げられては幕府にとってなんの益にもなるまいからな」

「幕府では長年朝廷を生かさず殺さず、西国大名なんぞが朝廷を担いで叛旗《はんき》を翻すことを、人一倍気にかけて参られました。朝廷の勅使も同様で、幕臣と縁を結ぶなどあまり例がないことにございましょう。だが、畠山信胤様が温厚な人格者ゆえにこの養子縁組は何事もなく認められたようにございます。ところが、この話が決まった直後に三条宮中納言禎布留様が急死なされ、養子話は半年ほど延びになった末に、頼近様がようようにして供を連れて江戸入りし、畠山家に養子に入られたのは三年前とか。幕府でも天皇家の信頼厚い三条宮中納言家からの畠山家への養子を認めた背景には、朝廷との応対が円滑にいくようにとの計算が働いてのことと思えます」

小籐次は頷いた。

「ところが、ここで異変が生じました」

「なんでございますな」

「頼近様を迎えたばかりの畠山様ご当主の信胤様が今度は亡くなられた」

「ほう」

「それが二年半前のことにございますそうな。頼近様が先代の急死を受けてそのまま高家肝煎も継がれた。表高家方には畠山家の肝煎は一代かぎり、と異を称えられた方もおられたそうですが、いつしかその声も立ち消えになった」

表高家とは名族高家の無役のものをいった。

「それはそれは」

「赤目様、高家はどこも禄高五千石以下にございます。ですが、公卿との付き合いがあり、宮中とも接するということで官位は高く、国守大名格の正四位上少将まで進むことができます」

慶長十一年（一六〇六）、武家への官位の叙任権を、幕府が決定し朝廷に推挙して天皇はこれを追認するかたちへと改めた。

幕府は武家の格式、序列の目安たる官位の叙任権を実質的に朝廷から奪い、掌握することで、大名諸家への支配をより強固なものとし、また朝廷の力を殺《そ》がんとしたのだ。

朝廷はそれまで武家への官位叙任によって得てきた多額な金品を失い、それを仲介してきた公卿は大打撃を受けた。だが、時代が進み、幕府開闢から二百年が過ぎると、朝廷も必死の巻き返しをいろいろと画策するようになっていた。

この官位叙任の推挙をあれこれと理由をつけて拒んだり、先送りしたりした。その折、朝廷につながる高家が江戸にあることは便利なことではあった。

このようなことを観右衛門が小籐次に説明してくれた。

三条宮中納言頼近が畠山家に入り、幕府中枢部の位置を占めたことは朝廷の差し金、なにか曰《いわ》くがあってのことか。

小籐次もすでに畠山頼近に胡散臭いものを感じていた。

「最前、畠山頼近様が高家肝煎を継ぐことに異を称えられた表高家があったと申しましたな、その急先鋒の二家の主が次々に急死しておりましてな。周りでは頼近様は奇妙な術を使われるという噂が流れたとか。それも直ぐに立ち消え、畠山家をいつしか京から参られた頼近様と従ってきた山城祭文衆《やましろさいもん》と申す配下のものが牛耳るようになっておりますそうな」

「氷川様に姿を見せた柊売りも京の連中であろうか」

小籐次は自問するように呟いた。

「それは存じませぬが、畠山頼近様は天皇家を守護する者の間で伝承する馬上太刀四方流とか申す剣術の達人だそうで、そのほかに妖術も身につけておられるとか。ひそひそと城中でも噂が流れておるそうですが、だれもが真実のところは知らぬそうです」

小籐次はしばし考えて観右衛門に訊いた。

「観右衛門どの、昨日、老中青山忠裕様がそれがしを引見なされた一件、このことと関わりございましょうかな」

「さてどうでしょう。老中は、事前に赤目様がお屋敷におしん様を訪ねていくことを承知なされておられませぬな」

「こちらがふと思いついての訪問ゆえ、なんでそれがしが屋敷を訪れたかはご存じなかろう」

「おしん様には当然、用件を告げられましたな」

「おしんどのには玄関先で会った折、用件を伝えましたぞ」

「それですよ。老中青山様にはすでに畠山頼近様へのご不審を抱えておられた。そのことは当然、老中の手足のおしん様は承知していた。赤目様がおりょう様の縁談で、畠山様のことを調べてくれぬかと申し出られたのは、お二人には好都合であったということではございませんか」

「いかにもありなん。玄関先で用件を述べたあと、おしんどのは玄関番の若侍に何事か告げられた。あのとき、老中青山様にそれがしが持ち込んだ話が伝わったのであろう」

「赤目様の訪問は老中青山忠裕様にとって渡りに舟のことだったようですな」

二人は頷き合った。

「私がお店の帳場格子にでーんと座っている間に高家肝煎畠山家ではなにかおおきな変化が生じたようでございましてな。城中では畠山頼近様に近づくのは剣呑《けんのん》だ、命をとられるという噂が流れているそうな」

「そのような人物がおりょう様を嫁に欲しいと言い出したか」

小籐次は胸に蟠《わだかま》るおりょうの告白を思い出した。

氷川神社の境内で乗り物に戻ったおりょうと一行は、往路とは違い、溜池に出ると人の通行の多い東海道に出て、芝の大和横丁の水野監物邸に戻ることにした。

むろん小籐次も従った。今度はひっそりと警護するのではなく、一行に加わっての道中になった。

大木戸の手前で東海道から伊皿子坂へと乗り物は曲がった。すると、おりょうの声がして、しばし徒歩《かち》で屋敷に戻りたいと願った。

草履を履いたおりょうは乗り物を先に行かせ、小籐次と肩を並べて歩くことを望んだ。おりょうは乗り物の中でなにごとか思案してきたらしい様子が小籐次には窺えた。

「赤目様、実家に北村季文様もおられました」

とおりょうは本家の伯父を様付けで呼んだ。

「それが訝しいのでございます、赤目様」

「訝しいとはどういうことにございますか」

「季文様は幼き頃から寝たり起きたりの暮らしにて、柳営の歌道行事もわが父の舜藍が務めて参ったほどにございます」

小籐次はこのことを承知していた。

「大事な務めを弟に任せるような季文様が、隣りとはいえわざわざおりょうの到来を待っておられました」

「おりょう様の縁談話がよほどうれしいのでござろう」

おりょうが小籐次を睨むように見た。

「違いましたか」

「赤目様、季文伯父は御身だけが大事なお方です。歳がいった姪に縁談話が生じたと感情を表にあらわすような人ではございませぬ」

「ならば、なにが訝しゅうございますな」

「実家に戻ることは文にて知らせてございますが、このような話で戻るとは文に認《したた》めてございませんでした。ところが、季文様は縁談話を承知の様子でしきりによい話ではないか、と勧めるのでございます。武家方とは異なりますが、本家の意向は絶対にございます。その場ではおりょうも頷く他に致し方ございませんでした」

「父上はどう申されたな」

「父は本家の季文様を立てて、季文様がわが屋敷におられる間はなにも申しませんでした。ですが、本家がお帰りになり、私が奉公先に戻ろうと玄関に参ったときのことです。父が珍しくも見送りに出て、おりょう、そなたの判断に委ねるとだけ短く申されました」

「お父上は畠山様のことを前もって承知されておられたか」

「おそらく季文様から聞かされていたものと思えます」

しばし二人は無言で歩いた。

師走の夕暮れ、行きかう人が武家屋敷勤めのおりょうと浪人姿の赤目小籐次の二人連れを驚きの目で見送った。

寺町から大和横丁の入口が前方に見えてきた。

「だれが北村季文様におりょう様の縁談話を告げ知らせたか」

「おりょうは畠山頼近様ご自身ではなかろうかと思います」

「畠山様ご自身な」

「赤目様、この話、益々《ますます》嫌いになって参りました。おりょうはどうすれば宜《よろ》しゅうございますか」

「今のままにお屋敷でお暮らし下され」

「赤目様にお任せしてよいのですね」

「おりょう様の願い、なんとしても叶えとうござる」

「安心しました」

おりょうが夕闇の中で微笑んだ。

観右衛門と二人、夕餉をとった後、小籐次は久慈屋の店の板の間の研ぎ場で仕事を始めた。もはや小籐次の想念にはおりょうのことも駿太郎のこともない。ただひたすら刃物を砥石に往復させる、単純だが、神経を尖らせて集中する仕事に没入した。

八つの刻限か、火鉢の三徳の上の鉄瓶がしゅんしゅんと音を立て、刃先が砥石の滑面を往復する物音に駿太郎の泣き声が加わった。

小籐次は研ぎ仕事の手を休め、女衆の部屋で寝ている駿太郎のことを思いやった。

風音が響いた。

なにかに怯《おび》えたように犬が吼《ほ》えた。

そのとき、小籐次は久慈屋を見詰める殺気を感じ取った。

小籐次は頬に薄い笑みを浮かべると、再び研ぎ仕事に戻っていった。さらに、どれほど時が流れたか、

きゃんきゃんきゃんきゃん

という犬の悲鳴が上がり、続いて、
ぎゃあ
という絶叫が続き、再び夜の無言《しじま》に戻った。
さらに数拍の時が過ぎ、
どさり
と久慈屋の表戸になにかが投げつけられた音がした。
「安寧を壊す輩《やから》めが」
小籐次は立ち上がり脇差を差すと、備中次直《びっちゅうつぐなお》を手に土間に下りた。草履を履いた小籐次は、広い店の土間で次直を腰に手挟《たばさ》んだ。上がり框に小籐次が脱ぎ捨てた破れ笠が置かれてあった。
小籐次はその笠の縁から竹とんぼを抜くと、手にして潜り戸の戸締りを外し、顔を表に突き出した。
寒風が小籐次の顔を撫で、血の臭いが鼻腔をついた。
眼前に白目を剝《む》いて切り落とされた野良犬の首が、常夜灯の灯りにごろりと転がっているのが見えた。
「なんという無益な殺生を」

小籐次は潜り戸から表に出た。

芝口橋の四方の欄干の擬宝珠《ぎぼうし》の上に白丁烏帽子《はくちょうえぼし》の男四人が片足立ちで立っていた。その一人は首のない犬の胴体の尻尾《しっぽ》をぶらさげている。切断された切り口からぽたぽたと血の滴りが落ちていた。

橋の真ん中に一際《ひときわ》背の高い男が立っていた。

常夜灯の灯りに白面の貴公子ということが分った。腰には馬上刀のように反りの強い太刀が佩《は》かれていた。

「畠山頼近か」

「麿《まろ》の名を承知におじゃるか」

「怪しげな出自よのう」

「赤目小籐次、近々増上慢の鼻をな、麿がへし折りに参ろうぞ。楽しみにしておじゃれ」

芝口橋は幅四間二尺、長さ十間、元禄の頃までは新橋と呼び慣らわされていたせいで、この界隈では今も、

「新橋」

と呼ぶ住人もいた。

「夜中に悪戯をなし、この小籐次に警告に参ったか」

小籐次の声が静かに問うた。

答えはもはやない。

ぶらさげた頭部のない犬の死体を白丁烏帽子が虚空に大きく振り回し始め、切り口から闇に血が飛んだ。

「おのれ、外道が」

小籐次は手の竹とんぼに捻りをくれた。地表を這うように飛んだ竹とんぼが、擬宝珠の上に片足立ちに立ち、小籐次に向い、犬の死体を振り回して投げつけようとした白丁烏帽子の男の脛《すね》を真下から浮き上がって襲った。

竹片を鋭く尖らせた羽根が男の脛を、
ばさり
と斬り割り、体の均衡が崩れた。

思いがけない死角からの攻撃に男が、悲鳴を上げて犬の死骸を振り回しつつも堀へと転落していった。

小籐次は犬の頭部を摑むと、

「首なしでは三途《さんず》の川も不自由であろう」

と胴体が落ちた堀へと投げ落とし、瞑目すると合掌した。

小籐次が目を見開いたとき、芝口橋の白丁烏帽子の面々が姿を消していた。

何事もなかったように仕事に戻った小籐次は、八つ半（午前三時）の刻限まで仕事を続け、傍らに敷かれてあった夜具にごろりと横になった。

翌朝、久慈屋の奉公人と一緒に目を覚ました小籐次は、店の外の掃除を小僧の国三らと一緒にした。箒で店の前を掃いていた国三が、

「あれ、なんだか血腥《ちなまぐさ》いぞ」

と黒々とした血だまりを見た。

「国三どのが眠り込んでおるうちに、だれぞが悪戯に参ったかのう」

小籐次は血だまりに土をかけて、その痕跡を消した。

「さて、今日一日しかないでな。忙しい日になるぞ」

もはや小籐次の念頭には久慈屋と京屋喜平の研ぎ残した道具しかなかった。

第三章　おりょうの失踪

一

駿太郎を久しぶりに小舟の藁籠《わらかご》に寝かせてみると、なんとなく以前より窮屈に思えた。それだけ駿太郎が大きくなったということか。

研ぎ道具をさらに積み込み、堀留の杭に結んだ綱を解いて石垣を手で押した。竿を手に石垣から離す。

「酔いどれの旦那、川を渡るかい」

勝五郎が徹夜明けの顔で厠に出てきて、小籐次が小舟を出すのに気付き、声をかけてきた。

「年の瀬のご挨拶に得意先を回るでな。勝五郎どのは仕事が舞い込んだようだな」

　昨夜、久慈屋で夕餉を馳走になって長屋に戻ると、壁の向こうから一心不乱に版木を彫る音が響いてきた。

「版木屋め、押し詰まって急ぎ仕事を持ってきやがった。小銭稼ぎだがよ、正月の餅代の足しにと思って引き受けたんだ」

「なんにしても悪くはない話だ」

「まあ、そういうことだな。ちょいと踏ん張らねえと、年越しの鐘を聞くことになるぜ」

「互いに今日明日が勝負じゃな」

「そういうこった。酔いどれの旦那も精々稼いできな」

「わがほうはこの二日はお礼奉公、ただ働きじゃぞ」

「なんだって、ただで研ぐってか。呆れた話だぜ。人がいいにもほどがあるぜ」

　勝五郎の声に送られて堀留を進んだ。

　両岸の長屋から炊煙が未だ暗い空にかすかに白く立ち昇るのが見え、ご飯を炊く匂いがしてきた。

　駿太郎が、あぶあぶと何事か言う。藁籠の端に差し込んだ風車がくるりくるりと回り、小籐次は竿から艪へと持ち替えた。

「駿太郎、蛤町裏河岸に着いたら、おさとさんの乳をもらうでな、しばらく辛抱致せ」

堀留から堀に出た小籐次は艪に力を入れた。汐留橋を潜り、豊前中津藩と播磨竜野藩の上屋敷の間を抜ける堀を進むと、築地川のほうから冷たい風が吹いてきた。

江戸の内海が荒れている証拠だ。

「駿太郎、少し舟が揺れるぞ。なあに案ずることはない。そなたの養父の赤目小籐次は来島水軍流の会得者じゃからな。水上のことなれば養父に任せよ。そなたが立って歩くようになれば艪の漕ぎ方も教えるでな」

と風に抗して駿太郎に話しかける。

籠の中、綿入れに包まれた駿太郎は舟の舳先を叩く水の音を子守歌と勘違いしたか、また眠りに落ちたようだ。

昨日、大車輪で紙問屋の久慈屋と足袋問屋の京屋喜平二軒の道具を研ぎ上げた。

昼下がりからは久慈屋の手代の浩介が小籐次の傍らに座り、

「赤目様の手並みを教えて下さい」

と自ら場所を作り、砥石を前にして自分が使い込んだ道具を研ぎ始めた。

「浩介どの、お忙しいようじゃな、近頃顔を合わせる機会がなかったが」

粗研ぎを始めた浩介が手を止め、

「私も赤目様にお話ししとうございました」

と言った。頷いた小籐次が、

「真実かどうかは知らぬ。ちらりとそなたの噂は聞いた」

と言うと浩介が驚きの顔をして見た。

「悩んでおられるか」

周りに人はいなかった。

浩介も小籐次とこのことを話したくて研ぎ仕事をしに来たようだ。

「赤目様がお聞きになった噂とはどのようなものですか」

「そなたが久慈屋の養子に迎えられ、おやえどのと所帯を持つという話だ。違うか」

小籐次はずばりと問うた。

「真にございます」

「おやえどのが嫌いか」

「とんでもないことでございます。しかしながら、おやえ様は主のお嬢様、私は奉公人にございます」

「浩介どの、言わずもがなじゃな。そんなことは分ったうえでの話であろう。他になんぞ差し障りがあるか」

「久慈屋の奉公人の中でも未だ若輩者にございます。そんな私には過分なお話、久慈屋様の所帯を私如《ごと》きが支えることができましょうか」

「浩介どの、一人で久慈屋を支える気かな」

浩介はおやえと所帯を持つことより、久慈屋の後継になる責任の重大さに悩んでいるのか。

「いえ、そういうわけではございませんが」

「わしはそなたと箱根山中で出会ったときから、このような日が訪れるのではないかと思っておった」

浩介が小籐次の顔を見た。

小籐次は話しながらも砥石の上で鉄の刃を研いでいた。その物音は変わることない律動と間があった。

「奥では以前からおやえどのの婿にと考えておられたのであろう。でなければ、家族だけの湯治にそなたを伴うものか。昌右衛門どのはそなたの人物をしっかりと見極めたうえで決められたことじゃ」

浩介は答えない。

「おやえどのはなんと申しておられる」

「お互い口にしたことはございません」

「以心伝心、気持ちは通じておると申すのだな」

「それが今ひとつ」

「そなたの悩みの一つか」

「はい」

「悩むのも悪くはない」

小籐次は研ぎを止め、指の平で刃を触った。

すうっ

と流れる指の平に一カ所引っかかりが感じられた。硬いものを強引に切ったか、刃こぼれしていた場所だ。

「もう少しじゃあ」

「はあ」

浩介が小籐次を見た。

「そなたのことではない。鋏の刃だ」

小籐次は鋏を膝の前に置くと、手拭で手の汚れを拭った。懐に手を突っ込み、研ぎの合間に悪戯した古竹の根っこと煤竹で作った簪《かんざし》を取り出した。古竹の飴《あめ》色と節目がなんとも美しい縞模様を創り出していた。

「浩介どの、これをおやえどのに後で届けてくれぬか。年の瀬のご挨拶と申してな」

浩介は古竹の根っこで創られた飾り玉に目をやり、

「なんと美しいものにございましょう。これを赤目様がお作りになられたのですか」

「悪戯じゃあ」

「悪戯なんかで、このように美しい簪はできません」

「浩介どの、この簪をおやえどのに届けたときな、赤目小籐次がこう申していたと伝えてくれぬか」

「どのような言付けにございますか」

「おやえどのにな、心に思い迷うことあらば、浩介どのを赤目小籐次の代理人と思い、正直に話されよとな」

浩介が小籐次を見た。

小籐次が浩介の不安そうな視線を受け止め、

「簪が互いの気持ちを仲介してくれよう。よいな、そなたも正直に胸の中の迷いをおやえどのに訴えなされ。二人の間のことだ、恰好をつけることも遠慮もいらぬ、忌憚《きたん》のう話をすることが肝心なことじゃぞ」

「はっ、はい。赤目様にお会いしてようございました」

なにか決心が付いたか、手拭に簪を大事に仕舞い込んだ浩介は小さな声で自らに言い聞かせるように、

「よし」

と呟き、砥石に向き合った。

小舟は江戸の内海に出た。

師走の海に縮緬皺《ちりめんじわ》が立っていた。

「駿太郎、揺れるでな、ちと我慢致せ」

佃島《つくだじま》沖に帆を休める千石船も上下に揺れていた。

小籐次は尾張徳川家の蔵屋敷の石垣と白壁ぞいに、小舟を大川の河口へと突き進ませた。佃の渡しも大きく揺られながら、鉄砲洲《てっぽうず》と島の間を往来していた。

小籐次は慎重に、そして、大胆に小舟を操り、三角波が立つ大川河口を横切って越中島に近付いた。

深川熊井町の正源寺の甍《いらか》が見えてきた。深川の堀に小舟を入れられれば一安心だ。

河岸道を餅搗きが行き、大八車が走っていく。朝の間、この界隈にも気ぜわしい師走の忙しさが漂っていた。

小籐次は最後のひと漕ぎに腰を入れた。

武家方一手橋を潜った。ふいに小舟の揺れが収まった。

ふうっ
いつの間にか夜が明けていた。

蛤町の裏河岸に小舟を入れた。すると、絣の筒袖に赤い襷《たすき》をかけ、手甲《てっこう》をしたうづが、

「赤目様、駿太郎さん、久しぶりですね」

と叫んで迎えた。うづはたった今、野菜を積んだ百姓舟を船着場に舫《もや》ったところのようだった。

「なにやかやと忙しゅうてな、お得意様に不義理して年を越さねばならぬかと心配した。本日はこの界隈のお得意様に年の瀬の挨拶をして回ろうと思う」

「おさとさんも捨吉さんも何度も見にきたわよ」

「迷惑をかけた。まず、おさとどのの長屋に参ろうと思うが、駿太郎を預かってくれようか」

「大丈夫、舟は私が見ているわ」

「頼もう」

小籐次が駿太郎を籠から抱き上げると、うづがおぶい紐で小籐次の背に負わせてくれた。次直を腰に差し、破れ笠を被ると、今度はねんねこをうづが掛けてくれた。

「まるで達磨《だるま》様じゃな」

小籐次はおしめの包みを提げて、ひと回りして参る、とうづに言い残すと、船着場から河岸道に上がった。

朝早いせいで、美造親方の竹藪蕎麦《たけやぶそば》は未だ戸を下ろしたままだ。そして、蛤町界隈の路地にはうっすらと朝靄《あさもや》が漂い残っていた。

大川の左岸河口を埋め立てた一帯は水の町でもあった。運河が縦横に貫流して水と陸地が未だ渾然一体になっているような佇まいだ。

蛤町の寺町を抜け、船溜まり近くの職人長屋の木戸に立つと、真新しい木札が風に揺れていた。

「職人仕事なんでも承ります」

過日の大雨にこの界隈の多くが水没し、そのとき、職人長屋の木戸も壊れ、木札も失われていた。住人のだれかが新しい木札を作り、掛け直したようだ。

半壊したままの木戸を潜ると、長屋からおさとが鍋を抱えて姿を見せ、

「赤目様」

と喜びの声を上げた。

「すまぬ、無沙汰を致した。突然じゃが、駿太郎を預かってもらえようか」

「そんな言葉は要りませぬ、赤目様」

おさとが鍋を足元に置くと、小籐次に駆け寄り、後ろに回ってねんねこを脱がせ、負ぶい紐を解いて駿太郎を抱えた。そして、

「あらっ、重くなったわね、駿太郎様」

と驚きの声を上げた。

「籠が窮屈に見えたが、やはり大きくなっておるか」

「たっぷりと育たれましたよ」

おさとの感触を思い出した駿太郎が笑い声を上げた。

「大きくなったばかりじゃないわ。駿太郎様ったら賢くもなったわ」

「そうかのう」

おさとの言葉に、小籐次のえらの張ったもくず蟹の顔が笑みに崩れた。

「あら、赤目様ったら、もう立派な親馬鹿様のお顔ですよ」

とおさとがおしめの包みを受け取り、

「赤目様、ご心配なく。夕刻までお守りいたします」

と請け合ってくれた。身軽になった小籐次は職人長屋を出ると寺町を再び通り、平野町で富岡橋を渡った。黒江町八幡橋際の曲物《わげもの》師の親方万作の仕事場では倅の太郎吉と二人、すでにせっせと仕事に精を出していた。

「親方、太郎吉どの、本年はいかい世話になり申した」

「待った！」

と万作が大声を上げ、

「ちょうどいいところに来なさった。道具がなまくらになってんだよ、当座の道具を研いでくんな。おや、研ぎの道具を持参していねえな。まさか年末の挨拶だけなんてことはねえよな、赤目様」

と血相を変えて言いかけた。

「親方、本日は舟で仕事を致す。道具を預かって参ろう」

「助かった。経師屋《きょうじ》の安兵衛親方も酔いどれの旦那は顔を見せないかとうちに何度も使いを寄越したぜ」

「これから参る」

小籐次は経師屋に立ち寄り、手入れする道具をたっぷりと預かって裏河岸の船着場に戻った。すると、うづの舟に女衆が買い物に姿を見せていた。

「おや、酔いどれの研ぎ屋が戻ってきたよ。うちの錆《さび》くれ包丁、研いでくれるかい」

「おかつさん、相すまぬ。本日はもう手いっぱいでな、年明けにちゃんと面倒みるで本日はご勘弁願おう」

「なんだい、冷たいね。大口が入ったからって、最初からの得意をないがしろにするんじゃないよ」

「そうではない。やりたい気持ちは山々なれど、なにしろ身は一つでな、どうにもならぬ」

小籐次はそう答えながらも小舟に飛び込み、仕事の仕度を整えた。

「身は一つかねえ。どこかで生ませた赤子を連れてないかえ」

「おかつさん、駿太郎ちゃんは赤目様とは血が繋《つな》がってませんよ。ほら、この界隈をうろついていた浪人さんの赤ちゃんですよ。よんどころない事情があって、赤目様が引き取られて育てておられるのです」

「うづちゃん、そこがおかしいというのさ」

おかつらは駿太郎をだしにわいわいと井戸端ならぬ船着場談義に盛り上がり、姿を消した。

「赤目様」

と一段落ついたうづが声をかけたが、もうそのとき、小籐次は刃物研ぎに没頭して、うづの声も耳に入らなかった。

昼前、竹藪蕎麦の美造親方が蕎麦切り包丁を抱えて船着場にすっとんできた。

「酔いどれ様よ、来ていたって。冷たいではないかえ、うちに声をかけないなんてよ」

「そうではござらぬ。曲物師の万作親方と経師屋の道具を済ませたら、親方の店に頼みにいこうと思うていたのだ。ともかく本日じゅうに仕上げるによってご心配なさるな」

「そうかえ」

美造が疑わしい目で小籐次の言い訳を聞き流した。

「親方、今日の赤目様ったら、怖いくらい。休む暇もなく研ぎ仕事に専念しておられるの」

「なに、一服もなしでか。よし、昼飯は届けさせるからな。明日は大晦日、年越し蕎麦の商いで締めくくりが世の習いだ、頼むぜ」

と道具を置いた美造が安心したように店に戻っていった。

小籐次は朝から二刻（四時間）余り研ぎに没頭したせいで万作のほうは終わり、安兵衛親方の道具が二丁残っているだけだ。

「あとでこの界隈を振り売りに歩くつもりだけど、黒江町に研ぎ上がった道具届けようか」

「重いぞ、うづさん」

「背負《しょ》い籠に入れていくから大丈夫よ」

「助かる」

「引き受けたわ。お代はいくら頂戴してくるの」

「本日は研ぎ代はなしじゃ。今年一年世話になったお礼奉公と二人の親方に申し上げてくれぬか」

「年の瀬にきて、ただ働きなんて呆れた。ほんとなの」

とうづが質《ただ》した。

小籐次は頷き返すと残り二丁の研ぎにかかった。

竹藪蕎麦から卓袱《しっぽく》蕎麦が届き、うづの母親が持たせてくれた青菜漬けの葉で包み込んだ握り飯と一緒に昼餉を食した。昼餉の後、

「ひと回りしてくるわ」

とうづが竹籠を負って振り売りに出ていった。

「二人の親方に宜しく伝えてくれ」

「もう一度聞くけど、お代は受け取ってはいけないのね」

「無用じゃぞ、うづさん」

独りになった小籐次は、竹藪蕎麦の蕎麦切り包丁に取り掛かる前にうづが使う菜切り包丁の手入れをした。柄が弛んでいたが、締め直した。そうしておいて、

竹藪蕎麦の道具の研ぎにかかった。

うづが戻ってきたのは八つ（午後二時）過ぎだ。

「万作親方が、無料で仕事をさせたとあっちゃあ、深川職人の名折れ、とお困りの様子だったわよ」

と笑って報告した。

「気持ちでな、そんなお困りになることではない」

「あら、私の菜切りまで手入れしてくれたの」

「一年世話になったでな、新しき年もよしなに願おう」

「こちらこそ」

二人は年の瀬の挨拶をし合った。

「うづさん、歌仙楼に立ち寄るか」

「そのつもりだけど」

と答えたうづが、

「赤目様、歌仙楼の仕事もする気、無理よ」

「いや、そうではない。今宵、仕事帰りに立ち寄り、よければ道具を預かって明日届けるがそれでよいかと伝えてくれぬか」

「これ以上まだただ働きをする気」

と呆れたうづが、蛤町裏河岸から引き上げる仕度を始めた。

「赤目様、だれも体は一つよ、無理をしないで下さいな。それに駿太郎さんの分も稼がなきゃならないんだからね」

と願うと、舫い綱を解いた。

「歌仙楼に言付けを頼む」

「分りました」

とうづが言うと、百姓舟を船着場から離れさせた。

二

小籐次が駿太郎を受け取り、深川蛤町裏河岸の船着場を離れたときは日がとっぷり暮れていた。舳先を富岡八幡宮の船着場に向け、行きかう舟を縫うように堀を進んだ。

艪を扱う小籐次の恰好は駿太郎をおぶったままだから、船頭が仲間と、

「なんだ、あの着ぶくれ船頭はよ」

「風邪でも引いたか」

「よしやがれ。背に赤子を負ぶってんだよ」

「変わった野郎だぜ」

「よせよせ、蛤町の裏河岸で研ぎ仕事の店を出す酔いどれの旦那だ。四家の大名をきりきり舞いさせた腕前だぜ。おめえの素っ首なんぞ、ひと振りで胴から宙に斬り飛ばされるぜ」

と言い合いながらすれ違う。

富岡八幡宮前に小舟を舫った小籐次は、その恰好で歌仙楼に向った。手には舳先に吊るすぶら提灯を提げていた。歌仙楼で火をもらうつもりだった。

裏口で訪いを告げると、料理茶屋の女主のおさきが手薬煉《てぐすね》引いて小籐次のくるのを待っていた。

「旦那、年の瀬に赤子を抱えてただ働きしてるんだって」

うづが告げたか、おさきはそんなことを言った。

「日頃世話になっているでな。そんなことより註文の道具は揃えておられるかな、おさきどの」

「ほれ、その包みの中に包丁があるよ。うち自慢の弁当とさ、貧乏徳利に茶碗も添えてあるよ」

「ご好意忝い。歌仙楼の料理を年の瀬に食するとは、なんとも贅沢な話にござるな」

小籐次は思わず舌なめずりした。

「包丁は必ず明日の昼前に届けるでな」

提灯に火をもらった小籐次は片手に提灯、片手に包みを下げて、

「また明日」

と歌仙楼の裏口をあとにした。

包丁と貧乏徳利が包まれているのでなかなかの重さだ。

永代寺門前町の料理茶屋はすでに正月を迎える仕度がなって、門《かど》ごとに松竹飾りが飾られ、大鳥居の注連縄も新しいものと掛け替えられているのが夜目にも見えた。

広い石段の船着場に戻ったとき、小籐次は、
ぞくり
とした悪寒《おかん》を感じた。一瞬、

(押し詰まって風邪を引いたか)

と危惧したが、直ぐに考え違いと分った。だれかが小籐次の動静を気にして、監視しているのだ。それならそれで対応のしようもある、と腹を括った小籐次だった。

「駿太郎、籠に乗って寒の大川渡りじゃぞ」

と背の駿太郎に話しかけながら舳先に棒を立てて提灯を吊るした。胴の間の藁籠に駿太郎を寝かせ、ねんねこで身を包んだ。ようやく舟の艫《とも》に座した小籐次は両足の間におさきからもらった包みを置いた。

駿太郎はおさとに湯屋に連れていかれ、おっぱいをたっぷりともらったばかりだ。気持ちがよいのか、とろとろと眠りかけていた。それが背から下ろされて眠りを妨げられ、しばらくぐずっていたが、小舟の寝床に落ち着きを取り戻し、艪の音を子守歌がわりにまた瞼《まぶた》を閉じた。

「よしよし、お利口じゃぞ、駿太郎は」

年の瀬のこともあり、おさとにはいつもより多めの二百文を子守賃に渡した。

すると、傍らから弟の捨吉が、

「姉ちゃん、おれが駿ちゃんをおぶって歩いたろう。少しばかり小遣いをくれないか」

と手を出して、その手をぴしゃりと叩かれた。

「捨吉、おまえが赤目様と知り合った切っ掛けを思い出させてやろうか」

「止めてくれ。いつまでそんなこと繰り返すんだよ」

「分らないことを言ううちは懲りてない証し、姉ちゃんは何度も言うよ」

とおさとにまた叱られた。

捨吉は空腹に耐えかね、竹藪蕎麦の、干してある二番出汁《だし》用の削り節を盗もうとして、奉公人に現場を咎《とが》められ、逃げるところを小籐次に捕まった経緯があった。

「捨吉、そなたにも世話になった。ほれ、これはそなたの子守賃じゃぞ」

と小籐次は二十文を、おさとに叩かれた掌《てのひら》に載せた。

「赤目様、子守賃はすでに十分頂いております」

おさとが慌てたが、

「ほんの気持ちじゃ。来年も宜しゅう頼む」

こちらこそ、と頭を下げたおさとが、

「よろしければ明日も駿太郎ちゃん、預かりますよ」

と言ってくれた。

「明日は昼から浅草の駒形堂の得意先に回るでな、帰りは遅くなる。こちらに立ち寄ると年が明けるわ」

とおさとの親切をやんわり断わった。

小舟の艫に腰を下ろして落ち着いた小籐次は、おさきが持たせてくれた包みを解き、貧乏徳利の栓を口で抜いた。酒の香りが、

ぷーん

と夕闇の船着場に漂った。上方からの下り酒、灘《なだ》か伏見の上物だ。

「たまらぬ」

茶碗にたっぷりと酒を注ぎ、口から迎えて茶碗を傾けた。目いっぱい働いて干上がっていた喉に酒精がふんわりと広がり、全身にゆるゆると酔いが回るのが分った。

「甘露かな」

徳利を足元に据え、小舟を堀に出した。半身に構えた姿勢で艪を漕ぐ。

武家地と町家に囲まれた永代寺門前町界隈では屋敷の石垣と塀に風も遮られ、

小舟もすいっと進んだ。

舳先に掲げられたぶら提灯が右に左に揺れるが、激しくはない。

小籐次は監視の目を感じつつ、二杯目を注いだ。今度は片手で艪を漕ぎながらだ。ゆっくりと酒を味わいながら舐めるように飲んだ。

どこからともなく地面に金棒が引きずられ、拍子木がかちかちと鳴らされる音に続いて、

「火の用心、さっしゃりましょう！」

の夜番の声が響いてきた。

「駿太郎、明ければそなたも二歳じゃな。来年の今頃は立ち上がっておろうわえ」

眠り込んだ駿太郎に話しかけた。むろん駿太郎が答えるはずもない。

ふと小籐次は思った。駿太郎を育てるようになって、体にも気持ちにも張りが出たようで若返った。

「気のせいかもしれぬ。ともあれ、縁あってそなたを授かったのだ。齢《よわい》五十の赤目小籐次、一花咲かせねばなるまいて」

そもそも独り言を呟くのが年寄りの証しということなど、小籐次の脳裏にはない。

いつしか堀に波が立ち始めた。前方から冷たい風が吹き付けてくる。

堀の向こうに波立つ大川が青くうねり光って見えた。

「ひと仕事かな」

小籐次は貧乏徳利から三杯目を茶碗に注ぎ、一息に飲んだ。だが、茶碗の底にはいくらかの酒を残していた。残した酒を口に含み、徳利の栓をしっかりとすると立ち上がった。口に含んだ酒を、艪を握る両手に、
ぷうっ
と勢いよく吹きかけた。

武家方一手橋を潜った小舟が大きくがぶった。

ぶら提灯の灯りが揺れた。

「ほう、今晩の大川様は荒れてござる」

と言ったとき、右手の深川中島町と相川町の間に掘り割られた運河から松明《たいまつ》の灯りを何十と点した船が二艘姿を見せた。船足の速い三丁櫓には白装束の男たちが乗っていた。

佃島の住吉様への寒参りだろうか。

「いや、違うな」

小籐次は最前からの監視の目かと得心した。

来たらば来たれ、立ち上がった小籐次は艪に力を入れて荒れる大川へと突っ込

んでいった。

頭に被った破れ笠がばたばたとなり、舳先のぶら提灯も大きく揺れ、水飛沫《みずしぶき》を被って灯りが消えた。

あとは星明かりが頼りだ。

小籐次は小舟を佃の渡し場と鉄砲洲の間の水路へと向けて敢然と直進させた。

松明を掲げた三丁櫓も猛然と追跡してきた。

大川から江戸の内海に注ぎ込む水流が、小籐次の小舟を沖へ沖へと激しく流そうとした。それに抗して進んだが、小舟は石川島の方角へと流されていった。

沖合いに運ばれては厄介だ。

小籐次は進路を変更した。

舳先を石川島と御船手組頭向井将監の屋敷の間を抜ける水路に定め、突進することにした。

「駿太郎、よおく見ておれ、来島水軍流の艪捌きをな」

小籐次は五尺そこその矮軀を撓《しな》らせ、艪を大きく操った。

小舟が速度を増した。波を突き抜くようにぐいぐいと進んだ。だが、そのせいで小舟が揺れるということはない。

小籐次は追跡してくる三丁櫓を振り返った。こちらは力任せの三丁櫓で波を蹴立てて進んできた。それだけに舳先が激しく上下していた。

小籐次の小舟は夜陰に紛れるように石川島の水路の口に接近した。

人工島の石川島ができた経緯は、叛旗を翻した本多正純一統により三代将軍家光が窮地に陥ったことに由来する、という巷説がある。

その折、家光の危機を救ったのが石川八左衛門と一族で、その手柄により大川河口の浅瀬を得た、というものであるが、石川一族が家光からこの地を拝領したのは史実であり、造成して住まいとしたが、寛政四年（一七九二）江戸を襲った水難に島を離れ、永田馬場へ移っていた。

ちなみに石川島と佃島の間の葦沼を埋め立て拡張し、無宿者の人足寄場建設を建議したのが火盗改めの長谷川平蔵である。

以来二十六年の歳月が流れ、石川島の人足寄場は咎人の更生と作業という本来の務めの場であると同時に、大川河口を塞《ふさ》ぐようにしてあり、江戸の内海の荒波から江戸の町並みを守っていた。

小籐次が小舟の舳先を突っ込ませたのは、油絞りの作業場が立つ置場と収容された人足たちの野菜を自給する畑作地の間の水路だ。

畑作地の岸辺は石垣ではなく葦が茂っていた。

小籐次は小舟を艫から葦の間の暗がりに寄せ、舳先を僅かに突き出して尾行の三丁櫓を待った。

船底に転がしてある竿を小脇に抱え、艪に右手一本を添えた。

水路の水に松明が映じて一艘の三丁櫓が姿を見せた。同伴の三丁櫓は波にがぶって離れ離れになったようだ。

三丁櫓の船足が落ちて小籐次の小舟を探していた。

小籐次の小舟が潜む眼前七、八間のところを松明船が横切ろうとして、葦群に隠れた小舟を船から照らす強盗提灯《がんどうぢょうちん》の灯りが浮かび上がらせた。

白丁烏帽子が立ちあがろうとした。

その瞬間、小籐次は葦群を分けると、小舟を三丁櫓の横腹へと突っ込ませた。

船戦で横腹に喰らいつかれるのは禁物だ。

ああっ

と白丁烏帽子の面々から悲鳴が上がった。三丁櫓を操る三人の他、薙刀矛《なぎなたぼこ》やら十字鎌槍を携えた四、五人が乗船していた。

小舟の舳先が三丁櫓の船腹にぶつかる直前、小籐次の小脇に抱えた竹竿が目に

も留まらぬ早さで何度か突き出され、艪を握っていた三人の漕ぎ手を、

「ひええっ！」

という悲鳴とともに次々に水路に突き落としていた。

次の瞬間、小舟の舳先が船頭を失った三丁櫓の船腹に激突して、大きく船体を揺らした。その衝撃に、中腰の三人の白丁烏帽子が薙刀矛などを抱えたまま水路に転落した。

小籐次はもう一艘がようやく置場と畑作地の間の水路に入ってきたのを目に留め、小舟を後退させると舳先を巡らし、水路の奥へと進んだ。

人足寄場は寄場奉行の行方源兵衛《なめかたげんべえ》の屋敷、船頭の住まい、石置場、御用地、瓦庫、油絞り蔵などが建つ無数の小島からなっていた。

その間に複雑に水路が張り巡らされていた。

小籐次は石川島に入り込んだことはない。だが、深川通いで遠目に眺めて、なんとなくどこへ水路が抜けているか察していた。

その勘を頼りに突き進む。

小籐次に急襲された僚船を他所《よそ》に、もう一艘の三丁櫓が必死で追走してきた。

二艘の間は半丁ほどあった。

小籐次は石垣の作り出す闇から闇へと紛れるように進んだ。

右に左に曲がる水路が段々と狭くなり、行く手に石橋の影が見えてきた。人足寄場の見張り所の一つだ。

松明を点した怪しげな三丁櫓に気付いた寄場役人が強盗提灯の明かりを向けて、

「何奴か！」

と誰何《すいか》した。

闇に隠されて小籐次の小舟に気付いていない様子だ。

「お役人、寄場から島抜けさせようという連中だぞ。気を付け召され！」

小籐次が叫ぶと、見張り所が急に慌しくなり、

「灯りを当てよ！」

「鉄砲方！　玉込め、用意」

などと次々に命令が下された。

小籐次はその騒ぎの間に見張り所のある石橋を潜り抜け、さらに鉤《かぎ》形に水路を曲がり進んだ。

銃声が響き、悲鳴が交錯した。

小籐次は最後の一ノ橋の水門を潜り、寄場の渡しに出た。

この渡し、鉄砲洲と寄場の船着場を結ぶ御用の渡しで、佃の渡しの北側にあった。

狭い水路から大川河口と江戸の内海を結ぶ渡し場の海に出て小舟が揺れた。だが、もはや追尾する三丁櫓もいなかった。

「あやつらも貧乏人の節季働きよのう」

と独り呟いた小籐次は片手で櫓を操りながら、徳利を摑んだ。

「ふううっ、汗を掻かせおったわ」

小籐次は徳利の栓を口で抜き、徳利から直飲みで酒を、
ぐびりぐびり
と流し込んだ。

気付いてみると徳利が軽い。一息に飲み干したようだ。

「あやつらのせいで外道飲みを致したわ」

と独り言を洩らした小籐次は空になった貧乏徳利を足元に転がし、両手で櫓を握った。そして、夜空に向い、

「おりょう様、あなたに懸想《けそう》した畠山頼近なる京の公卿、あれこれと策を弄する人物ですぞ。おりょう様の婿どのにはどう思うても似つかわしくないわ」

と叫んでいた。

小籐次が芝口新町の新兵衛長屋に戻ったとき、増上寺の切り通しの時鐘《ときがね》が五つ（午後八時）を告げた。

小舟を舫い、まず駿太郎を抱えて船から石垣を上がった。すると、勝五郎の部屋から版木を彫る鑿《のみ》の音がしてきた。

「勝五郎どのも夜鍋仕事のようじゃな」

駿太郎を抱いて戸を開いた。すると、小籐次の勘が異変を嗅ぎ取った。

戸口に立って暗がりを窺った。

「旦那、戻ったかえ」

鑿の音が止まり、勝五郎の声が響いた。

「勝五郎どの、火を貸してくれぬか」

「行灯を点すんだな」

勝五郎が立ち上がる気配があって、火種を手に姿を見せた。

「勝五郎どの、だれかわしを訪ねてきたか」

「いや、一日仕事していたが、そんな様子はねえな」

「すまぬが駿太郎を抱いてくれぬか。火種はわしがもらおう」

小籐次の言葉に勝五郎も緊張して駿太郎を抱きかかえた。

火種を手に部屋に入り、板の間の端の行灯を手で寄せて火を灯心に移した。すると、ぼおっと灯りが点り、お定まりの九尺二間の長屋が浮かんだ。

異変はないように思えた。

勝五郎が、
あっ
という驚きの声を上げた。

小籐次も気付いた。狭い板の間と畳の間の間に立つ、細い柱に藁人形が五寸釘で打ち付けられていた。そして、藁人形には、

「酔いどれ小籐次」

と達筆の公卿文字で書いてあった。

「いったいだれがこんな性質《たち》の悪い悪戯を」

「なあに、相手は分っておるわ」

小籐次はそう言うと、板の間に上がり、五寸釘を抜くと藁人形を竈へと投げ込んだ。

三

この夜も小籐次は半ば徹夜をして、歌仙楼から預かった各種の料理包丁を研いだ。駿太郎が何度か目を覚まして泣いたが、その度に添い寝して寝かしつけ、時にはおむつを替えた。

八つ半（午前三時）にはなんとか仕事の目処《めど》が立った。そこで駿太郎の傍らに仮眠すると、二刻ほど熟睡し、再び駿太郎の大きな泣き声で目を覚まされた。

「おうおう、相すまぬな。ぐっすりと眠り込んでしまったわ」

小籐次は先ず駿太郎のおむつを替えた。

腰高障子《こしだかしょうじ》を通す光でおよその刻限の見当をつけた小籐次は、

「もはや、おせつどのの長屋も起きていよう。おっぱいをもらいにいこうかのう」

小籐次は厠に行くと小便をした。堀留の水の上に朝靄が漂い流れて幻想的な冬の光景を見せていた。

長屋はすでに起きて女衆は朝餉の仕度に忙《せわ》しい気配があった。勝五郎は小籐次が仕事を止めるときもせっせと鑿を動かして版木を削っていた。夜明かしをして仕事を終えたか。そのせいで眠り込んでいるのだろう。

小籐次は長屋に戻ると駿太郎をねんねこで包み、どぶ板に出た。すると、ばったりおきみと顔を合わせた。

「勝五郎どのはお休みか」

「旦那は仕上げた版木を届けにいってますよ。瓦版の版木は半刻、一刻を争う註文だからね」

亭主自慢をしたおきみが胸を張り、言い切った。

「さすがに職人の鑑《かがみ》よのう」

「おせつさんのとこかえ」

「もう起きていような」

「職人の女房がこの刻限ひと働きしてなきゃあ、追い出されるよ」

「駿太郎に貰い乳に参る」

「今日も仕事に出るんだね」

「大つごもりだ。泣いても笑っても今日一日が勝負だからな」

「酔いどれの旦那、余計なこったがね、おせつさんに駿太郎ちゃんを預けて仕事に出ないかい。そのほうがはかがいくよ」

「おせつどのが迷惑ではないか」

「旦那、長屋の暮らしが分ってないね。おせつさんのところにも今日は米屋、味噌屋とあれこれ掛取りがくらあ。一文だって手元に欲しいのは人情だよ。おせつさんに稼がせておやりな」

「それなれば、わしも助かるがな。ならば一応、おむつの包みを持参して頼んでみようか」

小籐次は部屋に引き返すと、着替えとおむつの入った包みを手にして、再び木戸口に向った。おせつの住む長屋は同じく久慈屋の持ちもので差配をお麻がしていた。新兵衛長屋から半町ほど離れた裏長屋に顔を出すと、井戸端でおせつがせっせと洗濯をしていた。三人の子持ちのおせつの亭主は神輿師とか。洗濯をするおせつの背はかぼそかった。

「おせつどの」

小籐次の声におせつが振り向いた。

暦の上では新春を明日迎える。だが、まだ世の中は寒いというのにおせつは継《つ》ぎ接《は》ぎだらけの縞木綿の裾捲《まく》りをして、扱《しご》き紐で襷をして洗濯していた。その額にはうっすらと汗さえ浮かんでいた。

小柄で細身ながら乳はたっぷり出るという。十六、七と小籐次が推量した若さのせいだろうか、あるいはやはりもう少し年上だろうか。

「赤目様、駿ちゃんのおっぱいですね」

丸ぽちゃの愛らしい顔の肌はつるつるだ。

「亭主どのは仕事に出られたな」

「半人前の神輿師だもの、せっせと働かないと釜の蓋が開きません」

「おせつどの。今日は、駿太郎を預かってくれぬか。わしも貧乏人の節季働き、不義理の得意先をあちこちと回りたいでな」

「任せてくださいな」

おせつが濡れた手を前掛けで拭うと、小籐次の腕から駿太郎を受け取り、

「駿ちゃん、おっぱいをあげますからね」

と小籐次に背を向けて、部屋に入っていった。

上がり框に腰を下ろしたおせつの乳に取りついた様子の駿太郎が、ちゅうちゅうと吸い始めた。

「おむつの包みはここに置いておく」

「はあい」

おせつが背で返事をした。

小籐次は木盥が底を見せて伏せられている上に包みを置き、

「今年世話になった分に本日の世話料、少ないが二朱置いておく」

と言った。すると、おせつが顔だけ小籐次に向けて、

「赤目様、お守り賃には法外過ぎます」

「まあ、気持ちじゃあ。これでわしも安心して働けるというものだ」

「すいません。うちの世帯まで気にしていただいて」

「何処《いずこ》も同じ秋の夕暮れ、貧乏人同士は助け合いじゃぞ」

「駿ちゃんのことは心配いりません」

「駿太郎、大人しくしておれよ。明日は正月、一緒におられるでな」

と言い残した小籐次は新兵衛長屋に戻った。

駿太郎を気にかけなくてよいとなると、まず大川を渡り、歌仙楼に行き、昨夜研ぎ上げた刃物を届け、研ぎ残した刃物がまだあるようなれば、店の裏口で仕上げよう。胸の中で算段した。

小籐次は夜中に食べた重箱を井戸端で洗うと水を切り、風呂敷に空の貧乏徳利

と一緒に包み込んだ。

「旦那、駿太郎ちゃんを預けてきたかえ」

勝五郎が長屋から眠たそうな顔を突き出した。

「おせつどのに頼んで身軽になった、おきみどのの知恵に従って助かったぞ。勝五郎どのは仕事納めかのう」

「馬鹿を言っちゃいけねえぜ、こちとらお大尽じゃねえや。仕上がった版木を届けたらさ、しこたま新しい仕事を負わされたよ」

「今日一日でしのげる量かな」

「松の内までに片付ければいいそうだ。急ぎ仕事でもねえが、今日にも段取りくらいつけとかないとな」

勝五郎の鼻がひくつき、張り切っていた。

日傭取《ひようと》りは仕事があってこそようやく暮らしがなり立つ。盆も正月も仕事があれば関係ない。

「よし、勝五郎どのに負けぬようにひと働きしようか」

「今晩よ、軽くやらねえか。仕事ばかりじゃ体に悪いぜ」

「よいな。酒を仕込んでこよう」

「そう言ったわけじゃなかったんだけどな」

勝五郎に手伝ってもらい、小舟に仕事の道具を積んで堀留の石垣を離れた。

刻限は五つ過ぎか。

小籐次は小舟の艪を大きく操り、堀留から堀に出した。

文政元年の大晦日、風もなく穏やかな一日が始まっていた。水の流れもたゆたうようにゆったりとしている。

「この分なれば江戸湊も静かであろう」

浜御殿の石垣の下の海を飛び回る都鳥もなんとなく長閑だ。

築地川から海に出た。

予測のとおり、波もなく穏やかな江戸の内海が眼前に広がった。

小籐次の脳裏から、石川島の人足寄場の水路で山城祭文衆と思える白丁烏帽子とひと騒ぎあったことなどすっかり消えていた。だが、佃の渡しに差しかかると、石川島付近に何艘もの御用船が出て、水死体でも回収する様子が見えて、そのことを思い出させた。

「雉《きじ》も鳴かずば撃たれまいに」

小籐次の口をこの言葉が衝いて出た。

艪は大きく動かされ、小舟が斜めに最短で大川河口を渡りきり、深川に向った。江戸の内海に停泊する帆船は綺麗に手入れと掃除がなされて、正月を迎える仕度がなっていた。みよしからは松飾りが垂れる船もあった。上方と江戸を往来する千石船はすでに仕事納めをしていた。

だが、河口付近では大小各種の荷船が忙しく往来して、活況を呈していた。小籐次の小舟はその間を縫って深川の堀に入っていった。

歌仙楼の調理場もすでに仕事が始まっていた。

「おさきどの」

小籐次が声をかけると、おさきが顔を覗かせ、

「ほんとうに夜明かしをしたんだねえ。驚いたよ」

「文政元年も今日かぎり、そう安穏と寝てもいられまい。手入れする道具があれば、ここで研ぐがどうかな」

「助かるぜ」

と調理場の奥から親方が叫び、

「酔いどれ様の研いだ包丁で魚を捌くと、なんとも切り口が鮮やかなんだよ。客の旦那衆がおれの腕を褒めたがよ、おれの腕じゃねえや、赤目小籐次様の研ぎの

腕でおれが褒められたぜ」

「親方、うれしい言葉を聞かせてくれるな」

「褒めついでに頼もう」

と親方が差し出す刺身包丁を受け取った小籐次は、裏口に研ぎ場を急いで設《しつら》えた。

歌仙楼で一刻半ほど働き、

「本年も世話になり申した」

と研ぎ上がった刺身包丁三本を差し出した。すると、おさきが、

「酔いどれの旦那、喉の渇きをこれで潤しておくれな」

と大丼に灘の下り酒をなみなみと注いで差し出した。

「これは馳走、頂戴致そう」

包丁の代わりに丼を受け取った小籐次はくんくんと酒の香を嗅いで、ゆっくりと丼の縁に口をつけた。丼が傾けられ、
くいくい
と喉が鳴って酒が胃の腑に消えた。

「酔いどれの旦那の飲みっぷり、初めて拝見したぜ。女将《おかみ》さん、見事なお手並み

だねえ」

「あたりまえだ。天下の酔いどれ小籐次様だよ」

と莞爾《かんじ》とした笑みを浮かべたおさきが、

「もう一杯どうだい」

「まだ仕事先を廻らねばならぬ。一杯で十分にござる」

と応えた小籐次が、

「おさきさん、皆々様、新しい年がよき年でありますようにな」

と辞去の挨拶をした。

「赤目様、うづちゃんの言うとおり、やっぱり研ぎ賃を受け取らない気だね」

「一年世話になったでな」

「酔いどれ様のおかげで、この歌仙楼はこうして店を続けられているんだよ。赤目様には足を向けて寝られないおさきだ。研ぎ料は払いませんよ、その代わりさ、おさきの気持ちを受け取っておくれな」

とおさきが奉書紙《ほうしょがみ》に包んだものを小籐次の手に握らせた。

「困ったのう」

「これっぽっちじゃあ、すまないんだがね。なにも言わずに納めておくれ」

亭主が博奕《ばくち》道楽で歌仙楼が人手に渡りかけた。小籐次がその急場を救ったことをおさきが言っていた。

「頂戴致す」

「礼を言われるほどじゃないよ」

おさきが照れたように笑い、小籐次が、

「よい年をな」

と再び年末の挨拶をした。

おさきがくれた包みにはなんと二両も入っていた。

小籐次は小舟を蛤町の裏河岸の船着場に向けると、うづがおかつたちと談笑していた。

「おかつどの、一家に一本かぎり研ぎを致す。包丁を持ってこられよ」

「酔いどれの旦那、そうじゃなくちゃあ、不人情というものだよ。竹藪蕎麦なんぞ大どころばかり大事にするとさ、なんだい、貧乏長屋には挨拶もなしかいと思うものね」

とおかつら女衆が船着場から長屋に走り戻っていった。

「赤目様もどこまでお人がよいんだか」

うづが溜息を吐《つ》いた。

「うづさんが歌仙楼の女将様にわしのことを話したせいで、年の瀬に思わぬ金子を頂戴した」

「あらっ、よかったわ」

「かえって気を遣わせた」

「駿太郎ちゃんの晴れ着でも買うのね」

と言ったうづが、

「これは私から駿太郎ちゃんに」

と絣の着物を差し出した。

「な、なんと、うづどのもか」

「おっ母さんが古い着物を縫い直したものなの。まだ大きいと思うけど来年には着られるわ」

「なにやら急に分限者になったような」

と言うところに、おかつが四本の菜切りやら出刃包丁を持ってきた。

「さて今年最後のご奉公かな」

小籐次はうづが野菜や搗き立ての餅を商う傍らで、おかつらの四本の包丁を研ぎ上げ、緩んだ柄を締め直した。

「お昼を過ぎたわね」

「うづさん、すまぬが、おかつさん方が来たら包丁を渡してくれぬか。わしにはもう一軒義理を欠かせぬ得意先があるでな」

「いいわ」

「うづさんや、来年も宜しゅう頼む」

「こちらこそ」

うづがいつもの青菜で巻いた握り飯を一つ小籐次に持たせてくれた。

「助かる。大川を渡りながら食べていこう」

小籐次は小舟を蛤町の裏河岸から出した。

深川から大川に小舟を戻し、浅草駒形堂へと漕ぎ上がりながら、うづからもらった青菜で包んだ握り飯を食べた。今日の握りにはなかに佃煮が入っていて、それが青菜と絡まり一入《ひとしお》味わい深かった。

「ふうっ、美味《うま》いわ」

独り言《ご》ちた小籐次は艪に力を入れた。

金龍山浅草寺御用達の畳屋備前屋に出向くと、最後の追い込みか、すでに隠退したはずの梅五郎親方までが捻《ねじ》り鉢巻で畳針を握っていた。

「赤目様、この忙しいときにこそ、おまえさまの腕が要ったんだよ。遅いじゃねえか」

「相すまぬ」

小籐次は店のいつもの片隅に研ぎ場を広げ、直ぐに仕事にかかる態勢を整えた。

倅の神太郎の女房のおふさが茶を運んできて、

「今日は駿太郎ちゃんは留守番ですか」

と聞いた。すると梅五郎が、

「まさか、たれぞにくれてやったのではございますまいな」

と仕事の手を休めて聞いた。

「そうではないぞ。年の内に日頃、世話になる得意先を精出して回らねばならぬでな、長屋のかみさんに預かってもらっておる」

「酔いどれ様が音《ね》を上げたかと思ったぜ」

と梅五郎が言い、神太郎が、

「お父つぁんも仕事をやめて赤目様の話し相手でもしないかえ」

「おれが働かなきゃあはかどるまい」

「お父つぁんにでーんと仕事場の真ん中にいられると、邪魔なんだよ。口の割には手が動かねえからな。さあ、止めたり止めたり」

と倅が追い立てた。

「なにを言ってやがる。腕には歳はとらせない梅五郎だ。厄介者あつかいするねえ」

「老いては子に従えって言うだろ」

神太郎の言葉に職人衆が、そうだそうだ、と和した。

「ちぇっ、てめえら、だれのおかげで一人前になったと思うんだ」

梅五郎が毒づいたが、どうやら当人も疲れていたらしい。小籐次が来たのを潮に畳針を置いた。その後に神太郎が陣取り、てきぱきと父親のやり残した仕事を仕上げた。

「年寄りを邪険にするとろくなことはねえぞ」

「親方、幸せ者じゃな。立派な倅どのに職人衆、言うこともなしだ」

小籐次もすでに刃物研ぎに入っていた。

「赤目様、俗に『かねやすまでは江戸のうち』という言葉を知ってなされような」

「江戸府内の境じゃな」

「そういうことだ。江戸八百八町というが、いまや町数はその二倍と言うぜ。それだけよ、在から逃散者《ちょうさんもの》なんぞが入り込んで場末町をあちらこちらに作り、そこへさ、無宿者が逃げこんだりするようになった」

梅五郎が意外な博識を披露する。

「こたび、幕府評定所がさ、寺社奉行が支配していた勧化場《かんげ》の場末町なんぞまでを江戸府内として、朱引き内にしたというぜ」

勧化とは寺社、仏像などを建立する目的で寄附を集めることだ。

「ほう。御府内が広がったのだな」

「そういうこった。南は品川宿の永峰六軒茶屋町、西は代々木村、上落合村、東は木下川村、八郎右衛門新田、北は下板橋宿、上尾久村が朱引き内だそうだ」

「代官支配地じゃな」

「それが江戸のうちだと、ぴーんとこないぜ」

とぼやく梅五郎の言葉を聞きながら、小籐次はせっせと刃物を研いだ。

四

小籐次は艪を漕いでいた。

大つごもりの夜だ。あと一刻後には除夜の鐘が江戸の町々に響き渡る。

備前屋の職人衆総出の畳替え作業は五つ半（午後九時）過ぎに終わった。どこもが新しい畳で新春を迎えたいというので、備前屋は年末の半月はてんてこ舞いの大忙しだ。だが、それも終わった。

その頃には小籐次もほぼ新年明けの仕事始めの道具を研ぎ終えていた。広い仕事場が清められ、梅五郎、神太郎の親子と大勢の奉公人が年越しの蕎麦と酒で一杯やった。

小籐次は一杯だけで切り上げた。

「どうした、酔いどれ様が茶碗酒一杯だけとは体の調子でもよくないか」

「親方、そうではござらぬ。長屋の版木職人とな、今年一年を締めくくって酒を酌み交わそうと約束して出てきたのだ。今年は幾晩も二人して夜明かしした。その折、わしは版木を彫る鑿の音にどんなに励まされたか。その勝五郎さんとの約

「定は違えたくないでな」

「そりゃ、大事なこったぜ」

「梅五郎親方、神太郎どの、今年は世話になり申した。新玉の年、備前屋どの益々の商売繁盛家内安全を赤目小籐次、駿太郎ともども祈っておる」

小籐次の挨拶に梅五郎が、

「世話になったのはこっちだあね、朝からさ、今日は酔いどれ様が来るんじゃねえか、やっぱり来なかったかと、はらはらどきどきさせられたぜ」

と応じたものだ。

研ぎの道具を抱えようとすると、梅五郎が、

「おれが駒形堂まで送っていこう」

とよろよろと立ち上がった。すでに梅五郎は一杯の酒でいい機嫌になっていた。

「お父つぁん、赤目様と駿ちゃんの御節《おせち》を重箱に詰めておいたよ」

とおふさが風呂敷包みを差し出した。

「おふさ、酔いどれ様がお隣りさんと酌み交わす酒は忘れなかったろうな」

「あいよ。たっぷりと大徳利に入れてあるよ」

「よし」

と梅五郎が得心したか、土間に下りた。その様子を見た神太郎が、

「大吉、赤目様の道具と包みを持って従え。腰のふらついた爺様一人を大川端に忘れてくるんじゃねえぜ。しっかり連れ戻れ」

と見習い職人の大吉に命じた。

「へえっ」

と、なりが大きく茫洋《ぼうよう》とした大吉が、研ぎ桶に道具と包みを入れて両手に軽々と抱えた。

「おふさどの、駿太郎が最後まで世話になった。お陰で二人して新年を無事迎えられそうじゃぞ」

嫁のおふさに礼を言い、最後に、

「どなた様もよいお年をな」

と改めて礼を述べ、備前屋を出た。

大晦日の浅草駒形町界隈だ。

道具箱を肩にした職人衆、掛取りに走り回る番頭、手代、その掛取りから逃げ回る長屋の住人などがいて、いつもとは様相を異にしていた。

ふわりふわりと腰の定まらない酔っ払いの歩き方で、梅五郎が駒形堂の石垣下

に舫った小舟まで見送ってきた。

「赤目様、この小舟かねえ」

大吉が小籐次の小舟を見下ろした。

「いかにもさようにござる」

「よしきた。ちょっと待ってくんな。先にさ、荷を積み込むからさ」

いつもは暗い大川の流れだが、今晩ばかりは船の灯りが上下して水面が明るかった。

大きな体の大吉が意外と手際よく動いて道具やお重の包みを小舟に積み込むのを見下ろしながら、梅五郎が、ぽつん、と呟く。

「赤目様、おまえ様にも駿太郎さんにもいい年だとよいがな」

「まあ、平穏であれば言うこともないのだがな」

大吉が、

「赤目様よ、おれが舟を押さえていらあ」

と小籐次が舟に乗りやすいようにしてくれた。

「大吉さん、世話をかけるな」

「赤目様は研ぎの師匠だからな、来年は師匠に褒められるようになりたいぜ」

「手を抜かずばだれでも研ぎくらいできる」

小籐次は、
ふわり
と虚空に身を飛ばし、小舟の胴の間に音も立てずに降り立った。

「あ、呆れた、酔いどれ様はまるで猫だねえ」

「隠居、いつのまに降り立ったのか、小舟がひと揺れもしないよ」

と二人が口々に驚き、

「いや、天下の赤目小籐次様だ、こんなことは朝飯前よ」

梅五郎が自分を納得させるように言い直した。交代に大吉が石垣に這い上がり、舫い綱を解いた。

「赤目様、猫の真似もいいが、うちの隠居とおっつかっつの年寄りには違いねえや。気をつけて行きなせえよ」

と綱を小舟に投げ入れた。

「いい年をな」

「ご隠居にも備前屋さんにもよい年をな」

小舟が石垣を離れ、たちまち流れに乗った。

吉原の馴染みの花魁のそばで年越しをしようという遊治郎《ゆうやろう》を乗せた猪牙舟《ちょきぶね》と擦れ違いながら、ゆったりと大川を下り、江戸の内海に出た。すると、湊に停泊する千石船の帆船に灯りが点され、こちらもいつもとは違う光景を見せていた。そのうえ、佃島沖には海上で年越しをして、初日の出を迎えようという通人らを乗せた屋根船が浮かんでいた。

鉄砲洲の大名家でも明日の御礼登城の仕度か、灯りが入ってこちらは緊張の気配があった。

小籐次は浜御殿と尾張大納言家の蔵屋敷に挟まれた暗い水面を湛《たた》える築地川を漕ぎ上がり、汐留橋を潜ると堀留に小舟を突っ込ませた。すると、急に暮らしの匂いが漂う裏長屋から灯りが淡くも洩れてきた。

芝口新町の裏長屋には一年の支払いを無事済ませたところ、未だ掛取りの来襲に怯えてひっそりとしているところと悲喜こもごもの様相が感じ取れた。

石垣に舳先を擦り寄せるように着けると、勝五郎が気付き、

「酔いどれ様よ、仕事を打ち止めたか」

と大声で喚きながら姿を見せて、

「すまぬ。遅くなった」

「大晦日の夜だぜ、致し方ねえさ」

と小籐次から舫い綱を受け取り、杭に結んだ。

「得意先から頂戴した料理と酒がある。約束の年忘れの宴を致そうか」

勝五郎の返答は直ぐに戻ってこなかった。

「ほれ、桶を貸しねえ」

砥石を入れた道具箱を受け取って勝五郎が、

「赤目の旦那、来年も多事多難だねえ」

と小籐次の顔を見た。

「なにかござったか」

「待ち人だぜ」

「待ち人とな」

小籐次の脳裏に直ぐに待ち人がだれか浮かばなかった。自分の部屋を見たが灯りは入っていなかった。

「待ち人は新兵衛さんの家にいらあ」

大晦日の夜に小籐次の帰りを待とうという待ち人だ。急な用件であることには違いなかった。

小籐次は小舟から長屋の敷地に飛び上がり、

「まずは駿太郎じゃな」

と呟いた。すると勝五郎が、

「おむつの包みを持ってよ、新兵衛さんの家に行くのが先だぜ。もうお麻さんがおせつさんから駿太郎を預かっている」

と急がせた。

小籐次が勝五郎を見たが、勝五郎は待ち人の正体を知らないのか、答えなかった。

「勝五郎どのと一杯やるのを楽しみに戻ってきたが、反故《ほご》にしたようだな、相すまぬ。年が明けてからに致そうか」

「そんなことより早く行きなせえ」

小籐次は長屋を素通りして木戸口に抜け、久慈屋の長屋四軒を差配する新兵衛の家の前に出た。すると、裏長屋の連なる界隈には不釣合いの駕籠があって陸尺や中間が暗がりに寒そうに立っていた。

「お麻どの、厄介をかけた」

と戸口に立つと、お麻がすぐに玄関から飛び出してきた。

「お麻さん、だれじゃな。それがしに待ち人とは」

突然奥で新兵衛の声が響いた。

「かごめかごめ、かごのなかの鳥はいついつでやる！」

「爺ちゃん、駄目よ。お客様がいらっしゃるんだから」

新兵衛を宥めるお夕の声がして、新兵衛の声が止み、玄関先に刀を手にした初老の武家が姿を見せた。風体からして屋敷奉公の用人か。だが、小籐次には覚えのない顔だ。

「赤目小籐次どのにござるな」

「いかにも赤目にござるが」

「お初にお目にかかる。それがし、大御番頭水野監物家家臣志野田次郎左衛門《しのだじろうざえもん》にござる」

「水野様のご家臣」

小籐次の胸に立ち騒ぐものがあった。おりょうの主が水野監物だからだ。

「なんぞ水野家にござったか」

「赤目どの、ご足労とは存ずるが、それがしと屋敷まで同道してくれぬか。主がなんとしても赤目小籐次どのにお目に掛かりたいとの言付けにござる」

小籐次は志野田の顔を眺め、

「承知した」

と即座に応じた。水野監物の為人《ひととなり》は承知しているつもりの小籐次だ。その水野が大晦日に使いを寄越した。異変が生じたに相違ない。

「おおっ、受けて下さるか」

志野田がそそくさと狭い玄関に下りた。すると、奥からお麻が顔を覗かせ、

「駿太郎さんのおむつをお夕が替えております」

「年の瀬に真に相すまぬ」

「赤目様、駿太郎さんはうちで預かりますから、心置きなくお出かけ下さい」

と言った。頼もう、と頷き返した小籐次は、

「お麻どの、すまぬが、水を一杯所望したい」

と願った。

寒の水でざわつく気持ちを鎮めた小籐次は新兵衛の家を出た。すると、長屋の木戸口に勝五郎が立っていた。

「勝五郎どの、出かける」

勝五郎が黙って小首を上下させた。その様子を見ていた志野田が、

「赤目どの、お駕籠に」

と言った。

「裏長屋住まいの貧乏浪人がお駕籠なんぞに乗れるものか。志野田氏《うじ》、そなたがお乗りなされ」

小籐次はさっさと路地から芝口新町の河岸道に向った。すると、志野田が慌てて駕籠に乗り込む様子があって一行が小籐次に従ってきた。

小籐次は河岸道で自らの恰好を点検した。

破れ笠の縁に竹とんぼが差し込んであり、腰にはこの夜、孫六兼元があった。

（よかろう）

なにが起ころうと覚悟はできたと、自らを得心させた。

五尺の小軀ながら大股に歩く小籐次に乗り物が追いついてきた。

「赤目どの、そなた、わが屋敷を承知か」

駕籠の中から志野田の尋ねる声がした。

「霊南坂であったな」

「ほう」

小籐次は芝口橋で東海道を横切った。

久慈屋はどうかと振り向くと、もはや大戸が閉まっていた。だが、店の中では観右衛門らが起きている様子が窺えた。

大晦日、お店《たな》ならばこの一年の締め括りの夜、遅くまで起きて帳簿の整理や銭の集計をして主に報告する習わしがあった。

大所帯であればあるほど大晦日は煩雑な仕事が待ち受けていたのだ。その代わり、元日は休みだ。

芝口橋から御堀沿いに難波橋、土橋、幸橋と横目に見て、新《あたら》シ橋に上がり、虎御門で溜池から流れ出た御堀に沿って西南に方角を転じた。

小籐次と駕籠は無言のうちに、ひたひたと葵《あおい》坂から馬場を下に見て葵坂通を霊南坂の辻へと出た。

武蔵川越藩の上屋敷から寒風が小籐次ら一行に吹き付けてきた。

霊南坂の西にある水野監物の屋敷は門を閉ざしてひっそりとしていた。だが、一行に従っていた中間が走り、通用口を叩くと大扉が開かれ、直ぐに小籐次と志野田を乗せた駕籠が敷地内に入った。そして、その背後で大扉が、

ぎいっ

と閉じられた。

到着を長いこと待っていた様子の小姓に案内された小籐次は、式台のある玄関から直ちに奥へと通された。

「殿、赤目様のご到着にございます」

「吉弥、通ってもらえ」

小籐次は小姓が障子を開く前に廊下に正座し、頭を垂れた。

「赤目小籐次どの、久しいのう」

頭を上げると、書院には監物と奥方の登季らしい女性がいた。

「ご壮健のご様子、祝着至極にござる」

「赤目どの、中に入ってもらえぬか。それでは話もできぬ」

監物に乞われ、小籐次は膝行して書院に入った。小姓が障子を閉めて、男女三人が残された。

「赤目どのは、女房の登季は初めての対面じゃな」

と監物が紹介し、二人は会釈をし合った。

「水野様、火急のお呼び出しにございますが、なんぞ異変が発生致しましたか」

「異変と申してよかろう」

「おりょう様のことで」

小籐次の問いに二人が大きく頷いた。

（やはり）

と小籐次は再び胸にざわめくものを感じた。

「おりょうが本日の昼前に参り、突然、奉公を辞め、宿下がり致すと言い出した」

「なんと」

「唐突なことでな。藪から棒とはこのことであろう」

「理由は申されましたか」

「赤目様、おりょうが申すには高家肝煎畠山頼近様と所帯を持つために区切りのよい年の瀬に奉公を辞すると申すのです」

それまで黙っていた登季が言い出した。

「畠山様がおりょうを嫁に欲しいと申し出られたとき、即座にそのような気持ちにはなれませぬと殿に返答したおりょうが、なぜここに来て翻意したのか。殿と私は何度もおりょうに真意を質しました。ですが、おりょうは畠山様はご立派な人物、おりょうは喜んで嫁に行きとうございますと答えるばかり、正直、私は呆《あっ》気《け》にとられたのでございます」

小籐次はただ頷いた。

「赤目どの、どう問い質そうとおりょうは登季の申すとおりの返答を繰り返すばかり、われら、どうする術《すべ》も思い付かんでのう、困り果てた。じゃが、おりょうは言うだけのことを伝えたという晴れ晴れとした顔で、大和横丁の下屋敷に戻っていきおった」

今度は監物が説明し、さらに登季に代わった。

「私どもがどう考えてよいか分らないでおるうちに下屋敷から使いが参り、なんとおりょうは屋敷を出ていったと申すではございませぬか」

小籐次は返答のしようもなかった。

「赤目どの、われら二人、おりょうを失った哀しみと寂しさを言い合《お》うておりましたがな。ふと思いついたことがございます」

「どのようなことにございますな」

「本日参ったおりょうは、真のおりょうであったかという考えでございますよ、赤目様」

「真のおりょう様ではないと申されますと、他人であったと」

「そうではない。おりょうはたれぞに心身を操られて、あのような振る舞いをしておるのではないかと、われらは思い付いたのじゃ」

「たれぞとは畠山頼近様のことでございますな」

二人が頷く。

「畠山頼近様は京の公卿の出にて、剣術も達者なれば妖術も会得しておるとの噂がございますでな。おりょう様が畠山様に操られているとしたら得心がいく」

「赤目どの、そこで氷川神社裏の北村家に使いを出すと、なんとおりょうは戻ってはおらぬとの答えにて、父親の舜藍どのは使いの問いに呆然となされたとか」

水野監物の言葉に、どこかで撞く除夜の鐘が殷々《いんいん》と鳴り出した。

「なんということで」

「おりょうは何処へ消えたのでしょう」

「赤目どのに相談したく使いを出した仕儀にござる」

小籐次は小さく頷いた。

座に重苦しい沈黙が漂った。それは長いこと続いた。

「どう致さばよろしかろうな」

水野監物が重い口を開いた。

「今一度お尋ね申す。昼間のおりょう様はいつものおりょう様ではなかったと、水野様も奥方様もお考えにございますな」

「奥とも何度も話し合うた。じゃが、考えれば考えるほど、日頃のおりょうの振る舞いとは似ても似つかぬのだ」

「赤目様、おりょうは軽々にそのような行動を致す女ではございませぬ。十六の折からみている私がよう、おりょうの気性は承知です」

「畠山頼近の妖術にかかった言動とのお考え、いささかも変わりませぬか」

二人が頷いた。

「ならば、手のうちようもござろう」

と小籐次が言い切り、両眼を閉ざした。

第四章　カブキ者

一

文政二年（一八一九）の年に改まって、一刻が過ぎていた。

小籐次は重く苦しい気持ちを胸にひたひたと霊南坂を下り、辻に出た。西に榎坂、東に汐見坂が口を開き、北への葵坂通とぶつかる辻だ。

小籐次は込み上げる憤怒を抑えきれないでいた。

「おりょう様」

小さな声でその名を呼んだ。

その界隈は武家地だ。家格、官位に合わせて三が日に御礼登城が控えていた。そのために、どの屋敷も短い眠りに就いていた。町家のように初詣《はつもうで》や初日の出に

出かけるような人影はなかった。幕藩体制の中、武家にとって正月は徳川家に忠誠を尽す、

「儀式の舞台」

に過ぎない。だが、緊張を強《し》いられた。それが夜の眠りの中に見られた。

肥前佐賀藩が幕府から預かり、管理する松平肥前守馬場があって、その向こうに大溜と呼ばれる池が星明かりに光っていた。さらに、その奥には御城の外堀の一角を形成する溜池が見えた。

溜池から靄が漂い、辺りに広がった。

小籐次の怒りを煽るように馬場に灯りがちらちらと浮かび上がり、白衣が走り回った。

「おのれ、赤目小籐次の気持ちを逆なでしおるか」

小籐次はそれが誘いと分っていて通りから馬場に下りた。

大溜に接した馬場の敷地は通りに接した外馬場と、その中に長四角の土手で囲まれた内馬場とに分れていた。こんもりと土盛りされた土手には大松が等間隔に植えられ、馬場の風情を示していた。

松の大枝から色とりどりの布が何条も垂れ下がり、風に舞っていた。その間に

白衣に烏帽子の者たちが猿のように片手や片足を枝に掛けてぶら下がり、小籐次を挑発するように手招きした。さらに、大松の下に薙刀矛、鎌槍、短弓など構えた白衣が塑像のように浮かび上がった。

その数、三十余人か。

小籐次は土手下五、六間手前まで歩み寄り、

「なんぞ赤目小籐次に用か」

と聞いた。

三張りの短弓が構えられた。

小籐次の片手が破れ笠の竹とんぼを引き抜き、二本の指が捻りを加えた。

ぶうーん

と羽音を立てた竹とんぼは外馬場の地表に舞い降りたかと思うと、垂れた布の間を縫うように上昇を始め、大枝へと消えた。

ぎゃあっ！

悲鳴と一緒に短弓を手にした白衣が土手に転がり落ちてきた。

その瞬間、小籐次が土手を駆け上がり、正面の薙刀矛を構えた白衣に襲いかかっていた。

同時に薙刀矛が突き出された。

小籐次の腰間から孫六兼元が引き抜かれて光に変じた。

濃州赤坂住兼元が鍛造した剣の裏銘には次の九文字が刻まれていた。

「臨兵闘者皆陣列在前」

兵《つわもの》の闘いに臨む者は皆陣列の前に在《あ》れ。

小籐次は常に兵たれと己の心に言い聞かせていた。

この夜の小籐次はおりょうを失った哀しみとも怒りともつかぬ感情に激していた。

小籐次は突き出された薙刀矛の千段巻を叩き斬ると、返す刀でその素っ首を飛ばしていた。白丁烏帽子をかぶった首が土手高く舞い上がり、内馬場に消えて転がった。

それが乱戦の始まりだった。

首を失った白衣の胴体が斃《たお》れ伏す前に短弓を抱えた山城祭文衆の白衣の別の一人に襲いかかり、肩口を孫六が斬りつけると、次の瞬間には三人目の鎌槍を斃していた。

「囲みやれ、相手は一人でおじゃる」

頭か、紫衣の公卿が命じた。

虚空を白衣が飛んで小籐次に襲いかかった。

小籐次は土手を駆け上がっては兼元を飛び掛かる白衣に振るい、反転して地面に転がりつつ、着地した瞬間、白衣の脛を薙《な》ぎ斬った。

「赤目小籐次、ただのおいぼれ侍やおへんか」

乱戦に靄が舞い上がり、夜の闇と一緒になって小籐次の姿を消し去った。

小籐次は頭の声のほうへと駆け抜けていた。

「あれっ」

扇子を胸前に翳《かざ》し、立ち竦んだ頭に小籐次の憤怒の兼元が躍りかかった。

「な、なにをしやる。皆の者、わらわを」

言葉が途中で途切れ、鉄漿《おはぐろ》の首領の首が大松の梢の上に舞い上がり、土手に落ちて、
ころころ
と外馬場に転がっていった。

「来島水軍流公卿首飛ばし！」

亡父から教え込まれた水軍流にこのような技があるわけではない。伝授された

のは流れ胴斬りという秘剣だが、小籐次は流れ胴斬りを応用しつつ、思いつくままに叫んでいた。

再び陣容が整った白衣が小籐次を円で囲んだ。だが、そのとき、すでに三分の一が戦線を離脱していた。

小籐次は飛んだ。

自らの背の方角に身を飛ばしつつ、虚空で身を捻り、血塗《ちまみ》れの兼元を相手の脳天に叩きつけていた。

新たな血飛沫が、
ぱあっ
と上がり、星明かりに青く光った。

「新玉の年、脳天一番潰し！」

小籐次の体が横手に捻られ、太刀を構えた山城祭文衆の大兵と初めて刃を交わらせ、火花を飛ばした。

ちゃりん
玉鋼《たまはがね》と玉鋼がぶつかり、焦げた匂いを立ち昇らせる。

互いの剣と太刀が二の手を送ろうとして翻った。だが、大兵の動きに比して小

籐次のそれは二倍以上も迅速を極め、相手の胴を深々と斬っていた。兼元の刃に乗せられて吹き飛び、

どさり

と地響きを立てて山城祭文衆一の巨漢が土手に転がった。

白衣の面々に恐怖の表情が生じた。

小籐次の動きはさらに冴え渡り、兼元が弧を描く度に一人ふたりと陣列から消えていった。

内馬場に馬蹄の音が響き、残された山城祭文衆の白衣らが、

すいっ

と小籐次を襲う輪を後退させた。

「逃げるか」

小籐次は土手を駆け上がり、見た。

白馬の鞍に白面の貴公子、高家肝煎畠山頼近がまたがり、おりょうと思える女性《にょしょう》を鞍前に横のりさせて内馬場から大溜との境の土手へと走って行こうとしていた。

「おりょう様！」

小籐次の悲痛な声が馬場に響き渡り、小籐次は兼元を片手に走った。

山城祭文衆の残党が小籐次に立ち塞がった。

片手で一人の脳天を断ち割った。

「真っ向脳天片手斬り！」

どさり
と斃れた。が、小籐次はその瞬間には数間先を駆けつつ、太刀を大きく振り回す相手の胴を撫で斬っていた。

小籐次の目に思いがけない光景が映じた。

おりょうと思える女性を乗せた白馬が内馬場の土手を駆け上がり、虚空に飛んだ。

夜空に向って飛翔するように前脚をくの字に折って舞い上がった。

「なんと」

さすがの小籐次も驚きを禁じ得なかった。

土手の向こうに消えた白馬を追って小籐次も土手を駆け上がった。

白馬は大溜の岸辺に沿って東へと駆け下っていた。

小籐次も土手の上を畠山頼近が操る白馬を追って走った。土手の端が眼前に迫った。土手の端は石垣で数丈の高さがあった。

白馬が再び飛んだ。大溜の水面に向ってだ。水煙が上がり、いったん水飛沫に姿を消していた人馬が浮かんで見えた。

白馬は首を高く上げ、鞍に二人の男女を乗せて溜池を泳ぎ渡ろうとしていた。

小籐次は兼元を口に咥《くわ》え、大松の枝から垂れた白布に飛びつくと土手の上から岸辺へと飛んだ。

着地する小籐次に葦群から鎌槍が突き出された。小籐次は低く沈み込んだ。その鬢《びん》を穂先が掠《かす》め、薄く肉を削りとっていった。

口に咥えた兼元に手がかかり、伸び上がるように跳躍すると、鎌槍を手繰《たぐ》ろうとする白衣の肩口に、

「真っ向袈裟《けさ》斬り」

を放った。

小籐次は兼元を鞘に戻すと斃した相手の鎌槍を摑み、岸辺を右に左に走った。

目当てのものは無人の水番屋の軒下にあった。

溜池を点検する小舟だ。舫いを解くと小舟を溜池に押し出し、飛び乗った。鎌槍を竿代わりに白馬を追った。

畠山頼近とおりょうを乗せた白馬は溜池を見事に泳ぎきり、外堀の土手下を西へと走り、日吉山王大権現の社地《しゃち》へと駆け上がって消えた。

「おりょう様」

小籐次は鎌槍の竿の動きを止めて、虚脱した身で呟いた。

どれほど流れの中に止《とど》まっていたか。

小舟の舳先が緩やかな流れに乗って向きを変えた。

御堀を下れば、芝口橋へと行き着く。

小籐次は小舟に座して流れのままに身を委ねた。

小籐次は小舟を芝口橋の船着場に舫い、橋上に上がった。

東海道は初日の出を芝の浜や愛宕《あたご》権現のお山で迎えようとする人々が南に向って流れていた。

小籐次は重い足取りで新兵衛長屋に戻った。すると、小籐次の部屋に灯りが点っていた。

(だれか)

殺気は感じられなかった。

戸口を引き開けると、

「元日早々朝帰りかえ」

とおしんの声が出迎えた。

おしんの他に中田新八と、もう一人見知らぬ顔の武士がいた。おしんと中田は老中青山忠裕の密偵である。

「そなたらも元日の夜明けから他人の長屋で夜明かしか」

「今朝の酔いどれ様は殺気立っておられますよ、新八様」

とおしんが苦笑いし、

「白湯など進ぜましょうかな」

と火鉢の上の鉄瓶を見た。炭が入っているところを見ると、隣人の勝五郎に面倒をかけたのだろう。

「得意先からもらった酒と料理が、ほれ、そこにある。おしん、その包み、開けてくれぬか。それがし、手足を洗ってこよう」

と願うと、井戸端にいった。

小籐次は井戸端で血飛沫に塗れた手と顔を洗った。口を漱《すす》ぐと高鳴る胸が鎮まった。

長屋に戻った。

三人の前に湯呑茶碗があったが、備前屋のおふさが用意してくれた包みは解かれていなかった。

「おしん、なぜ解かぬ。ちと早いが、裏長屋で正月の酒を酌み交わし、祝い膳を食べるのも一興であろうが」

小籐次の面白くもない冗談におしんが頷き返し、包みを解いて貧乏徳利だけを主の前に差し出した。

小籐次はそれを摑み、新八、見知らぬ武士、おしん、最後に自らの茶碗に注いだ。三人目の武士は三十半ばか、思慮深そうな落ち着きと豪胆を兼ね備えた面構えをしていた。

「待たせたな」

茶碗を差し上げ、そう言った小籐次は一息に酒を飲み干した。その様子をおしんらが黙って見ていたが、小籐次の無作法な行動に誘われるようにそれぞれの茶碗の酒を嘗《な》めた。

「行儀がよいな」

小籐次は新たな酒を注いだ。

「赤目様、私どもの訪問の理由を述べる前になにがございましたか、お話しなされませぬか」

おしんが険しい口調に変えて頼んだ。

「よかろう」

小籐次は、水野邸に呼ばれ、主の監物から訝しいおりょうの行動を告げられたこと、その帰路、松平肥前守預かりの赤坂溜池で山城祭文衆に襲われ、闘争に及んだことを告げた。また、白馬に乗った畠山頼近とおりょうを見たことも合わせて報告した。

「なんと、おりょう様にそのような危難が降りかかっておりましたか」

おしんの言葉に見知らぬ武士が、

「おのれ、カブキ衆めが」

と小さな声で小籐次には理解がつかぬことを吐き捨てた。その罵《のの》り声に気付いたおしんが、

「赤目様、ご紹介が遅れましたな。京都所司代の勤番を終えて江戸に戻って参られたばかりの麻野義蔵様にございます」

茶碗を膝の前に置いた麻野が姿勢を改め、小籐次に頭を下げた。

「麻野義蔵にござる。以後、昵懇《じっこん》のお付き合いを願いとうござる」

小籐次はただ頷き返した。

京都所司代は幕府の出先機関で老中に次ぐ職で、朝廷に関する一切を取り仕切る窓口である。『明良帯録』に、

「四国、中国、九州の要領なれば、尤重任也、土地の事にも預るなり、非常の備第一」

とある。

徳川家康は慶長五年（一六〇〇）九月に初めてこれを置き、奥平美作《みまさか》守信昌を遣わした。さらに十三年後、所司代板倉伊賀守勝重を侍従に任じて以来、侍従の官となった。後年になると、この役職を無事に勤め上げると若年寄、老中に進む道が開け、大身旗本ら垂涎《すいぜん》の職掌であった。

「赤目様、それがし昨年、所司代を辞した大久保加賀守忠真の家臣にございます」

「そなたらの訪問、公卿から高家肝煎畠山家に養子に入った頼近と関わりがあってのことじゃな」

と質《ただ》すと、おしんが頷き、重い溜息を一つ吐いた。

「畠山頼近は公卿三条宮中納言禎布留の倅にて、畠山家の先代信胤どのと禎布留どのの二人が話し合い、江戸の高家肝煎への養子入りが決まったそうじゃな」

小籐次の言葉に、おしんら三人が驚きの顔を見せた。

「じゃが、この養子縁組を整えた二人は訝しくも次々に死んでおる。また畠山家に入ったばかりで畠山家を継承するとはいかがなものかと、頼近のいきなりの高家肝煎就任に反対した表高家数人が次々に亡くなったそうだな」

「さすがに赤目様だわ。もはや前置きは要りませぬよ、麻野様」

おしんが麻野に言いかけ、麻野が大きく頷いた。

「それがし、公卿三条宮中納言禎布留様の生前を承知する者にございます。また、三条宮家にも親しく出入りを許され、頼近様の畠山家への養子入りに伴う江戸下向を逢坂《おうさか》まで見送った人間でもござる」

小籐次は麻野の顔を注視し、先を促した。

「それで」

「三条宮禎布留様のご次男頼近様、体付きは小柄にて丸顔、お人柄優しき公卿の血筋と承知しております」

「ほう、おもしろいな。あやつ、偽者と申すか」

「それがし、こたび中田新八にこの一件を相談され、畠山頼近なる人物を遠望して仰天致しましてございます。逢坂で見送ったそれがしの知る頼近様とは別人にござる」

ときっぱりと言い切った。

「赤目様、それがしと麻野は同じ道場で稽古をした仲にございましてな、肝胆相照らす仲と申してようございます」

と新八が麻野と信頼関係にあることを説明した。

「赤目様、公卿三条宮家は清廉な家系にございまして、あのような妖しげなる振る舞いの人物は見当たりませぬ」

さらに麻野が言う。

「となると、畠山家の当主に摩《す》り替わったあやつは何者か。山城祭文衆とはいかなる集団か。はたまた奴らは何用あって江戸幕府中枢に潜り込んだか」

「赤目様、そこがわが主青山忠裕の大いなる危惧にございます」

と小籐次の呟きにおしんが応じた。

「麻野どの、偽畠山頼近と山城祭文衆になんぞ覚えがござるか」

「思い当たる節もございますが、定かではございませぬ」

「よい、話されよ」

麻野義蔵が頷き、茶碗の酒で喉を潤した。

「かつて山城国久世郡御牧《みまき》周辺を領有した外様《とざま》の小藩がございました。石高一万三千石、津田高勝様が領主の御牧藩にございます。この津田様、豊臣秀頼公に仕え、文禄元年（一五九二）の朝鮮征討に軍勢五百余騎を連れて参戦し、慶長五年（一六〇〇）の関ヶ原の戦いには徳川家康様に与《くみ》して戦功を上げた武人であったそうな。それが七年後、京都祇園で起こった騒ぎにより改易になっております」

小籐次は茶碗の酒を啜《すす》った。

「津田高勝どのが美濃国清水城主の稲葉通重《みちしげ》様を祇園に招き、酒宴を張る折のことです。京の分限者後藤某《なにがし》、茶屋の女将らを連れて遊びにきていた座敷に乱入し、『取分美女七、八人』を捕まえ、酌を強要したそうにござる。それを断わられた津田どのは美女を庭の木に縛りつけ、言葉には言えぬような血塗れの乱暴狼《ろう》藉《ぜき》を加え、祇園を引き上げたそうにござる。その引き上げの折、津田どのはカブキ者の行為にござれば打ち捨ておき下されと祇園で放言したそうです。これが大御所家康様の逆鱗《げきりん》に触れ、改易になっております。切腹の処断が下らなかったのは偏《ひとえ》に関ヶ原の勲功があったせい、津田様は剃髪《ていはつ》して道慶と称し、八十四歳の長寿を保ったそうな。この道慶こと津田高勝の子孫が御牧の山奥に住して、山城祭文衆なる集団を組織して密かに生き続けてきたことを、それがし、所司代内与力時代に承知しております」

「三条宮中納言の次男になりすまし、江戸入りして畠山頼近と名を変えた人物、津田高勝の子孫かのう」

「赤目様、そこが未だ判然と致しませぬが、最前、赤目様より伺った白馬に跨がり外堀を泳ぎきり、日吉山王社への急崖を上りきった手練《てだれ》と申し、その可能性が高うございます」

小籐次は茶碗の酒を飲もうとしたが、空《から》だった。おしんが徳利を摑み、新たな酒を注いだ。

「赤目様、わが主、青山忠裕には未だ畠山頼近が偽者とは報告しておりませぬ。まず赤目様にと思うたゆえです。ですが、忠裕様よりこの者の所業を突き止めよと前々から厳命されております。それは旗本衆の間に波風を立てておるからにございます」

おしんが言い、新八が、

「赤目様、こやつの化けの皮を剝《は》ぎ取る手伝い、お願いできませぬか」

と願った。

「中田どの、それがしはおりょう様の奪還を優先に行動致す。あやつらを始末致すかどうかは、あやつらの出方次第よ」

新八とおしんが頷き、麻野義蔵が、

「赤目様、畠山家から頼近と山城祭文衆は姿を消しております。むろん、おりょう様と申される女性を伴うておりましょう。必ずや一味の行方突き止めますゆえ、しばし時を貸して下され」

と願い、小籐次が頷いた。

そのとき、新兵衛長屋の格子窓の隙間《すきま》から文政二年の初日の出が差し込んできて、おしんの顔を照らしつけた。

二

小籐次は駿太郎の泣き声に目を覚ました。夜具を撥《は》ね除《の》けると、戸口でお夕におぶわれた駿太郎がこちらを向いて泣いていた。

「赤目様、起こしちゃった」

「お夕ちゃん、おめでとうござる」

「おめでとう」

小籐次は外の光に刻限を推量した。もはや昼の九つ（正午）は大きく回ったようだ。

（なんという正月か）

「お夕ちゃん、尻が濡れておるのかのう」

「おっぱいはもらったばかりよ」

「ならば、おむつを替えようか」

小籐次は慌てて夜具を丸め、部屋の隅に積んだ。

「赤目様、お顔を洗ってきて。おっ母さんが、うちでよければ夕ご飯を食べませんかだって」

「駿太郎ばかりか、わしも世話になってよいかのう」

おしんらはおりょうの行方を突き止めるのに数日の猶予を願って長屋から姿を消した。その間、動きようもない。

「お爺ちゃんが世話になるからね」

「新兵衛さんのことならば何じょう事かあらん」

「うちで駿太郎ちゃんのおむつを替えるわ。夕方、顔を見せてね」

お夕は小籐次の様子を見にきたようで、木戸口に引き返していった。すると、駿太郎の泣き声が遠のいていった。

小籐次は手拭をぶら下げて井戸端に行った。

「旦那、正月早々、身辺多忙を極めているようだな」

版木職人だけになかなか物識《ものし》りの勝五郎が厠から出てきて言った。

「新年のご挨拶を申し上げたいが、とてもそのような心持ちにもならぬ」

「お夕ちゃんの年頃ならば正月も楽しみだろうがさ、この歳になれば盆も正月もねえや」

「それでも三が日の仕事は休みじゃな」

「いかにもさようさ」

「新兵衛さんのところに夕餉を誘われたが、ご一緒せぬか。得意先にもらった酒も残っておるし、料理も手付かずだ」

「おれは誘われてねえぜ」

「差配と店子《たなこ》は、まあ、家族のようなものではないか」

「ならば夕暮れ、大家さんのところに年始に行くかえ」

「そう致そうか」

小籐次は顔を洗ったついでに年末に使い込んだ道具の手入れをした。砥石を洗い、傷の付いた滑面を削り、桶に水を張って木を休ませた。

長屋に戻った小籐次は奉書紙を切り、一両を包んだ。

ふああっ
と生欠伸《なまあくび》を一つした小籐次は夜具を引き出し、二度寝をした。次に小籐次が目を覚ましたとき、元日はすでに夕闇に包まれようとしていた。

「よう寝たわ」

小籐次の声を聞きつけたか、隣の壁がどんどんと叩かれた。

「勝五郎どの、参ろうかのう」

小籐次は腰に脇差長曾禰虎徹入道興里《ながそねこてつにゅうどうおきさと》だけを手挟み、暮れに備前屋から頂戴した御節の重箱と大徳利を提げて長屋を出た。すると、勝五郎がどぶ板の上に待っていた。

「なんだか急に寒さが舞い戻ってきやがったぜ」

勝五郎が首を竦め、小籐次が提げた大徳利を持ち上げた。

「われら、寒かろうと暑かろうと、これさえあれば鬼に鉄棒《かなぼう》にござるよ」

「違いねえ」

二人は木戸口を出て、大家新兵衛の家に向った。路地の奥で鶯《うぐいす》が笹鳴きした。それに釣られたように駿太郎の泣き声が新兵衛の家から聞こえたが、お夕が宥める声がして直ぐに鎮まった。

「元日一日楽をさせてもらったわ」

「酔いどれの旦那がいつ尻《けつ》を割るかと長屋の連中と言いあったがさ。駿太郎を育ててついに年を越せたねえ」

「それもこれも皆様の手助けあればこそだ」

新兵衛の家の玄関ががらりと引き開けられ、紋付《もんつき》羽織袴《はかま》の新兵衛が顔を覗かせて、

「これはこれはご両所、文政二年新玉の御礼登城ご苦労にござ候」

と挨拶した。

「ははあっ、と答えたくなるね、新兵衛さんよ」

「大家どの、おめでとうござる」

「詰之間にお通りなされ」

「畏《かしこ》まって候」

小籐次が答えると、新兵衛が土間から一畳ほどの玄関座敷に上がり、

「つつつつつ」

と言いながら奥に消えた。

「ここは千代田の城か」

「御表対面の間に通ろうかのう」

お麻が姿を見せて、

「待ってましたよ」

と言った。暮れのうちに髪結いにいったか、薄暗い玄関に結い立ての髪がおぼろに浮かび、お麻の頭から鬢付《びんつ》けの香が漂った。

「おめでとうござる、お麻どの」

「本年もどうかよろしくお願い申します、赤目様」

「この重は得意先からもらったものだ。すまぬが、一緒に供してくれぬか」

「赤目様、暮れのうちにお客があったようだけど箸をつけなかったの」

「酒を嘗めただけで料理は手をつけなかったのじゃ。御節を食べるような気分ではなかったからな」

「遠慮なく頂きます」

小籐次は重箱の包みを差し出し、お麻が受け取った。

「お麻さん、暮れから駿太郎が世話になった。おかげで一日楽をさせてもらった。お夕ちゃんになんぞ買ってくれぬか」

と用意した奉書包みを重箱の上に置いた。

「赤目様、そんなつもりは」

「承知しておる。わしの気持ちだ。快く受け取ってくれ」

お麻が困った顔をしたが、

「亭主に許しを得ます」

そんな問答の後ろから勝五郎が、

「お麻さんよ、おれも酔いどれ様の誘いに乗っかって押しかけてきたが、いいかねえ」

「勝五郎さん、そんな挨拶はどうでもいいわ。ささ、上がって下さいな」

居間の六畳が綺麗に片付けられ、膳に正月の料理の煮しめ、酢の物などが数々並んでいた。

桂三郎がこざっぱりとした恰好で長火鉢の銅壺《どうこ》で酒の燗《かん》をつけている。そのか

たわらには駿太郎を抱いて左右に大きく揺するお夕がいて、駿太郎は上機嫌に、
きゃっきゃっ
と声を上げて喜んでいた。

「桂三郎さん、遠慮のう参上させてもらった」

「玄関先での長々としたご挨拶聞こえました。ささっ、座って下さいな、赤目様、勝五郎さん」

二人が座に着くと、奥の座敷で新兵衛が壁に向かい、低頭してだれかに挨拶でもしているつもりか、独り芝居を演じていた。

「お二人には迷惑をかけました」

燗徳利を摑んだ桂三郎がちらりと奥の間に目をやった。

「桂三郎さんや、大変なのはお手前方だ。それに新兵衛さんの惚けもなんとのう板について、およその行動が読めるようになってきたではないか」

「赤目様、そう考えていると、お父つぁんには見透かされたようにえらい肩透かしに遭い、手酷《てひど》く驚かされますよ」

桂三郎が仕方ないという顔で笑い、小籐次と勝五郎の盃に酒を注いだ。燗がつけられたせいで、なんともいえない芳醇な香りが漂った。

「酔いどれの旦那、偶《たま》には燗酒もいいもんだな」

勝五郎の顔がくちゃくちゃに崩れていた。

小籐次が桂三郎の盃を満たし、三人の男たちが、

「おめでとうござる」

「おめでとうございます」

と改めて挨拶を交わし、酒を口に含んだ。そこへお麻が備前屋から頂戴した重箱を持参して、

「おまえさん、私なんか見たこともない料理茶屋のお料理がびっしりと三段のお重に詰まってるのよ」

と座に広げた。

一の重には、ぴーんと尾が反り返った大きな焼鯛が鎮座していた。

「おっ母さん、うちのとだいぶ違うね」

新しく加わった料理にお夕の目が煌《きらめ》いた。

「甘いものもあるよ、お夕」

お麻の視線は栗きんとんにいっていた。

「浅草寺にお出入りの畳屋備前屋様からの貰い物だ。確かに立派な御節である、

一人で食することなど無理であったぞ」

「おまえさん、赤目様からお夕にお守り代まで頂戴したんですよ」

「聞こえていたよ」

「それも一両も」

お麻が小声で言い、

「なんと法外な」

と桂三郎が驚いた。

「駿太郎がいつ何時世話になるやも知れぬ。わしの気持ちじゃ。そう口にされると恥ずかしい」

「おっ母さん、私が頂いたの」

「そうだけど」

「お夕ちゃん、明日は初売りじゃ。おっ母さんに綺麗なべべでも買ってもらいなされ」

「はーい」

というお夕の返事で、この話は打ち切りになった。

「お麻さんも一つ」

と勝五郎が燗徳利を差し出し、お麻が、

「頂戴します」

と両手で受けて酒を飲み干し、たちまちほんのりと桜色に染まった。その視線が隣の間で独り芝居を続ける父親に行き、

「お父つぁんが正気ならば、どれほど正月も嬉しいか」

「お麻、その言葉は禁句だ。親父様は子供に返っておられるのさ。あれはあれで楽しいのだろうよ」

「桂三郎さんの申されるとおりだ。新兵衛さんがこうなったで長屋の結びつきも強くなったというものじゃ」

「まあ、そういうこった」

と応じた勝五郎の顔がすでに真っ赤だった。


一刻半ほど新兵衛の家で正月料理を馳走になった小籐次は駿太郎を抱き、腰の落ちた勝五郎を後ろに従えて、木戸を潜った。

寒さがさらに募り、白いものがちらちらと夜空から舞い始めていた。

「明日は久慈屋様に年頭の挨拶に参らぬといかぬな」

独り言を呟く小籐次の後ろで勝五郎が、

「明日は明日の風が吹くのが世間様よ、お休み」

と自分の部屋に転がり込むように姿を消した。

戸口に立った小籐次は異変を感じた。そっと勝五郎の戸口まで戻ると、おきみの声がした。

「ほれほれ、上がり框で寝込むと正月早々風邪を引くよ。上に上がらないかね、おまえさん」

「おきみどの、すまぬが、行灯に灯りを入れるで火種を貸してくれぬか」

小籐次は声をかけた。

「あいよ」

「駿太郎を暫時預かってくれ」

おきみが駿太郎を抱き取り、

「おまえさん、邪魔だよ」

と上がり框で眠り込む勝五郎の肩を揺すった。

小籐次は付け木に点した火種が風で消えぬように手を衝立《ついたて》にして、再び自分の部屋に戻った。そっと引き戸を引くと、香木の匂いが漂った。

（これは）

小籐次には覚えがある匂いだ。

おりょうが常に持つ匂い袋の香りと似ていた。

板の間の端に置かれた行灯に灯りを点した。四畳半の真ん中に匂い袋と文が置かれてあり、遠めに、

「赤目小籐次様」

と女文字が読めた。

手にある付け木の火が揺れた。部屋を風が吹き抜けていた。

新兵衛長屋は棟割ではない。片割ゆえ四畳半の奥は障子戸と雨戸があった。その戸がわずかに開いていた。

小籐次は付け木の火を吹き消し、板の間の壁の一角に設けた隠し棚の備中次直と孫六兼元を確かめ、兼元を摑んだ。道具や刀を留守に際し保管するように壁と見紛《みまご》う隠し棚を小籐次自身が設けたのだ。

そろり
と鞘を払い、刃を抜いた。

地鉄《じがねこ》小杢目《もくめ》、刃文には美濃鍛冶《かじ》の特徴、三本杉が見られた。

刃もすり代えられたわけではない。

隣りから勝五郎の鼾が聞こえ始め、駿太郎のぐずる声もした。

小籐次は畳の間に移動した。文を摑もうとした姿勢のままに、なんの反動も付けずに飛び上がっていた。

ぶすり
と畳から刃が突き出され、虚空の小籐次は手にしていた兼元を逆手に、刃が突き出された畳の傍らに、
ふわり
と下りると同時に刀を突き通していた。

ぎえぇっ！

絶叫が上がり、兼元の切っ先にかかる手応えが消えた。床下を這いずる音がして、逃げ出す気配がした。

「正月ゆえ、命は助けてやろうかえ」

小籐次には追う気はない。

畳に突き通した兼元を抜くと、刃こぼれしていないか、刃渡り二尺二寸一分の刀身を調べた。切っ先から三、四寸に血が付着していた。刃こぼれはない。

板の間に戻った小籐次は道具の中から古布を出し、血に濡れた刃を拭った。すると、戸口に駿太郎を抱えたおきみが立って、

「一体全体なにがあったんだい」

と問い、畳から突き出された刃を見て、呆然とした。

「正月早々怪しげな訪問者よ。おきみさん、部屋に戻っていなされ」

おきみの口からなにも言葉は戻ってこない。ただ立ち竦んでいた。

「駿太郎をもう少し預かってくれぬか」

がくがくとおきみが顎を縦に振り、ようやく自分の部屋に戻った。

小籐次はおりょうからの文と匂い袋を懐に入れた。

兼元の鞘元から小柄《こづか》を外し、畳の目に突き入れて畳を、
ぽーん
と跳ね上げた。すると、刃を突き通したままの畳が立ち上がった。

小籐次は行灯を片手に摑み、根太《ねだ》板を数枚外し、床下を照らした。賊が潜んでいた床下の地面に血溜まりが残っていた。

行灯を置くと、畳を突き通した直剣を抜いた。

刃渡り一尺七寸余か。東国の刀鍛冶の作とも思えぬ直剣だ。

「京の刀鍛冶が鍛造したか」

「酔いどれの旦那」

眠ったはずの勝五郎が寝惚《ねぼ》け眼《まなこ》で土間に入ってきた。おきみに叩き起こされた感じだ。

「待ち人よ」

「正月早々かえ」

「そういうことだ」

「床下に死骸が転がっているのかえ」

「いや、正月ゆえ仏心を起こし、逃がしてやった」

小籐次は畳を元に戻し、

「駿太郎を引き取りに参る。機嫌よう寝たところを起こしたな」

「今年も前途多難だねえ、酔いどれ小籐次様はよ」

「相手が勝手に押しかけてきおる。致し方なき仕儀でな」

「そう暢気《のんき》なことも言っていられねえぜ」

勝五郎と一緒におきみの許へ戻った小籐次は、駿太郎を引き取った。

「お休みなされ、勝五郎どの、おきみどの」

「目が覚めちゃったぜ」

部屋に戻った小籐次は夜具を敷き、駿太郎を寝かせた。

「勝五郎どのではないが目が覚めたぞ」

懐から文を出し、開いた。

三

「おりょうは京に参ります。

畠山頼近様の嫁になります。

思い起こせば赤目様と色々と御付き合いがございましたな。

駿太郎様の世話を赤目様はおりょうに頼まれましたな。まだ幼い子の世話などできようかとおりょうは案じましたが、案ずるより生むが易《やす》しとはこのことか、おりょうは楽しい日々を駿太郎様と過ごすことができました。

お礼を申します、赤目様。

おりょうは頼近様との子を生み、駿太郎様と過ごした日々の如く、わが子を慈しみ育てることに致します。

これまでのご厚情に感謝申し上げるとともに赤目小籐次様と駿太郎様の今後に幸多かれと祈っております。

おりょう

赤目小籐次様」

とあった。

おりょうの書いた文ではあっても、おりょうの真の心持ちの吐露ではなかった。文字はしっかりとした筆致だが、文の内容は畠山頼近の妖術に誑《たぶら》かされてのことと小籐次は分っていた。だが、分っていても小籐次の胸に寂寥《せきりょう》の想いが広がり、打ちのめされた。

行灯の灯りに文を翳し、燃やした。文を持つ小籐次の手が熱くなったが、文紙がこの世から掻き消えるのをしかと見届けるように最後まで持ち続けた。

おりょうが真に幸せになることとなれば、いかようなことでも耐えよう。だが、怪しげなる出自の偽畠山頼近などと一緒にさせてなるものか。小籐次の胸中には憤怒の感情が満ち溢《あふ》れていた。

懐の匂い袋を手に摑むと、

ぎゅっ

と握り締めた。

「おりょう様、必ずや助けに参りますぞ」

この言葉が小籐次の口を衝いた。

増上寺の切通しの鐘撞堂から九つ（午前零時）を告げる時鐘が殷々と新兵衛長屋に伝わってきた。

新しい日が始まった。

小籐次は木桶を抱えて井戸端に行き、水を汲んだ。桶を部屋の板の間に持ち帰ると、血に濡れた孫六兼元の手入れを始めた。自らの気持ちを鎮めるために刃を研ぐ行為に没頭した。

夜明け前、短い眠りに就いた小籐次は駿太郎の泣き声に目を覚まされた。

「おお、起きたか」

小籐次は傍らで泣く駿太郎のおむつを替え、火鉢の埋火《うずみび》に掛けられていた鉄瓶の湯でお麻が用意してくれた重湯を温め、飲ませた。

「旦那」

勝五郎の声がして引き戸が引き開けられた。手に手拭をぶら下げていた。

「湯に行かないか。おきみも行くんだ。うちのが女湯で駿太郎ちゃんを湯に入れ

ると よ」

「それは助かる」

小籐次は早々に湯に行く仕度をした。

町内の湯屋は大晦日から終夜商いをして、正月未明に客が絶えた頃合、風呂の水を汲み替えて直ぐに焚き直す。二日はいつもどおりだが、番台の上に置かれた三方には紙で捻られた年玉の銭包みと心付けのおひねりが山積みになっていた。

初湯や節季にはいつもより多めに湯銭を包む習わしがあった。

小籐次も勝五郎に注意され、何がしかの心付けを入れたおひねりを用意して、それを三方に置いた。

駿太郎はおきみに抱かれて女湯に入り、着物を脱がされているのか泣き声がした。その声を聞きながら、小籐次はゆっくりと自らの衣服を脱いだ。

去年一年の汚れを落とすように、小籐次と勝五郎は湯を体にかけて糠袋《ぬかぶくろ》で擦《こす》り上げた。背中は交代で洗った。

湯船には町内の顔見知りばかりが何人かいた。

「相湯をお願い申す」

小籐次はさっぱりとした体を湯に浸けた。

ふううっ
「これ以上の幸せはないな。なにも要らぬわ」

小籐次は思わず洩らした。

「とは言うもののさ、ちっとばかり銭回りがいいといいんだがな」

勝五郎の返答だった。

「勝五郎どの、欲を言い出せばきりがないでな」

「銭さえあればよ、もちっとうちの内所も楽になろうというもんじゃないか。大晦日の掛取りの何軒か、春先に延ばしてもらったぜ。せめて掛取りくらい綺麗さっぱりとして今年の暮れは終えたいものだぜ」

「気持ちは分らんではない」

小籐次は両手に湯を受けて顔を洗った。昨夜の不快な思いが流されていくようで小籐次はごしごしと顔をこすった。

「旦那、なんぞあったか」

勝五郎が声を潜めて聞いた。

「高家肝煎畠山家に怪しげなる人物が入り込んで、あれこれと動き回りよる」

「昨晩の野郎もそいつか」

「配下の一人であろうな」

ふーむ

と鼻で応えた勝五郎は、

「酔いどれの旦那の許には次から次へと厄介ごとが舞い込んでくるな。なぜだえ」

「さあてのう。一つの騒ぎがまた新たな騒ぎを生んで、かような仕儀に立ち至ったとしか答えられぬわ」

「歳も歳だぜ。御身大切に平らかにさ、生きたいものだねえ」

勝五郎は隠居様のようなことを言った。その口の下から、

「もっとも酔いどれ小籐次様が静かだと読売屋が困り、版木屋もおまんまの食い上げ、江戸の野郎どもが退屈すらあ」

「読売屋や版木屋が困るかのう」

勝五郎が湯から出した顔を小籐次に向けた。

「昨年はよ、おれの仕事がさ、だいぶ増えたと思わねえか」

「増えたかな」

「増えたんだ。その理由が分るか、酔いどれの旦那」

「世の中に瓦版の種が増えたゆえ、勝五郎さんの仕事が増えたということであろうが」

「違うな」

とあっさり勝五郎が否定した。

「勝五郎どのは腕もよいし、仕事も早い。そのせいだな」

「それも見当違いだな」

と横に振った顔を小籐次に近付けた。

隣りの女湯から駿太郎の上機嫌な笑い声が響いてきた。

「おれの隣りに御鑓拝借の赤目小籐次様がさ、住まいしておることを版木屋から読売屋が嗅ぎつけたんだ。それでさ、読売屋の番頭め、おれが顔出す度に甘い言葉をかけやがる。赤目様のことを読売に書くと売れ行きがいいんだってよ。そんでさ、おれになんでもいいから、読売になるネタを嗅ぎ出したら、版木屋にご注進しろ、歩合で銭を稼がせると言うんだよ」

「なんと世知辛い浮世よのう」

「旦那、おれはこれまで隣りの住人の噂を売って銭にしようなんて、これっぽっちも考えなかった。だが、版木屋の番頭が仕事を持ってきては、なんぞないか、酔いどれ様はどうしておると責められるとな」

　と勝五郎が困った顔をした。

「それで仕事が増えたか」

「いくらかな。だがよ、いろよい返事をしねえと元の木阿弥《もくあみ》どころか仕事が減るな」

「困ったな」

　と答えた小籐次はしばし瞑想した。

　駿太郎の上機嫌は続いていた。どうやら女たちに構われているらしい。

（あの歳から裸の女らに取り囲まれて上機嫌のようでは先行きが案じられるわ）

　小籐次はそんなことを考えていた。

「旦那、怒ったか」

　小籐次は勝五郎の不安そうな問いに目を見開き、にっこりと笑った。

「勝五郎どの、三が日が明けたら読売屋に行きなされ」

「行ってどうする」

「幕閣に不穏の影を落とす高家肝煎畠山頼近のあれこれを、それがしが文に認《したた》めるゆえ、読売屋に面白おかしく書かせよ」

「ありがてえが、旦那に迷惑がかからねえか」

「すでに迷惑のかけられっ放しだ。構うものか」

「ならば湯から上がったら読売屋に駆け込むぜ。いいな」

「三が日でござろうが」

「読売屋に盆も正月もあるものか。面白い話があれば地獄にでも行こうという連中だ。第一よ、読売なんてものは暇を持て余した正月のほうが売れ行きがいいんだよ」

「長屋に戻ったら、文を認めるで、それを持って参られよ」

「そうと決まれば湯なんぞに長々と浸かっていられるものか。旦那、上がるぜ」

「駿太郎がおるわ」

「おきみに任せておきねえって。そんなことより旦那は早々に文を書いてくんな」

勝五郎が小籐次の手を引かんばかりの血相で湯船から上がった。

小籐次も致し方なく湯船から上がると、女湯から、

「駿太郎ちゃん、気持ちいいからって洗い場でおしっこをするんじゃないよ」

というおきみの声が響いた。

小籐次は一刻ばかりをかけて、高家肝煎の当主畠山頼近が偽公卿で山城祭文衆と称する怪しげな一団を率いて江戸入りし、幕閣に不穏な企《たくら》みを起こそうとしていることなどを書いた。さらに、偽畠山頼近は潰された御牧藩津田高勝の末裔《まつえい》にして幕府になんらかの恨みを抱いて江戸入りしたことなどを箇条書きにして付け加えた。

読売のように面白おかしくは書けなかったが、読売屋の筆がなんとかしてくれようと思った。待ち受けていた勝五郎が、

「よし、読売屋に駆け込むぜ」

と張り切り、

「旦那、本日はどうしているね」

と聞いた。

「わしか、久慈屋どのに年頭のご挨拶に参る。それくらいかのう」

「分った」

勝五郎が姿を消すと、入れ替わりにおきみが駿太郎を抱いて顔を見せた。

「おきみどの、正月早々世話をかけた」

「なんてことはないよ。それよりうちの人、張り切って読売屋を訪ねていったが、銭になる仕事かねえ」

と小籐次に質した。

「さあてのう。こればっかりは読売屋の判断じゃな」

と小籐次は答えるしかない。

「あたしら、読売屋と版木屋あっての仕事だからね。まんまの食い上げにならぬといいけど」

おきみの心配はそこにあった。

「読売にならぬ話なれば、読売屋が握り潰してそれで終わりだ。もっとも、そうなると勝五郎どのに正月早々無駄足を踏ませたことになるか」

「そんなことは構わないけどさ」

おきみは煮え切らない顔で姿を消した。


正月二日、久慈屋でも他のお店《たな》同様に暖簾を掲げて商売をした。とはいえ久慈屋は小売の紙屋ではない。紙屋や屋敷相手の大商売だけに、二日の店開きは景気づけの初荷を賑々しく船や大八車で送り出せば、あとは年賀にくる得意先を奥座敷に通して正月の膳で一杯酌み交わし接待する。それが久慈屋の慣わしだった。

小籐次と駿太郎が出向くと、早速台所に通された。

「赤目様、正月から台所の板の間では失礼に存じます。ですが、店裏の座敷は儀礼の客ばかり、面白くもおかしくもありませんでな」

と自らも息抜きをしたい観右衛門が相手をしてくれた。

「なあに、日頃から世話になる久慈屋どのに年始のご挨拶に伺っただけでな。こちらのほうが気楽でよい」

女衆は客が来る度に接待の御節料理の膳を出したり引っ込めたりと、普段にも増して忙しかった。

「大番頭さん、奥でお呼びです」

と手代の浩介が呼びに来て、

「煙草を一服する暇もございませぬか」

とぼやきながら観右衛門が立ち上がり、

「申し訳ございません」

と浩介に謝られ、早々に奥へと戻った。

「赤目様、ご多忙ですか」

「浩介どの、爺様が孫の世話をするように駿太郎を見ておるだけだ。なにが忙しかろう」

「ならば、奥へ参られませぬか」

「お客の接待ですかな」

「いえ、おやえ様が駿太郎さんを腕に抱きたいと申されております」

「ほう、おやえどのがな」

浩介に案内されて久慈屋の家族のための奥座敷に通った。すると、おやえが友禅の振袖に髪は桃割れに結い上げ、その髪には小籐次が創った竹の根っこの飾り玉の簪が飾られていた。

「赤目様、お呼び立てして申し訳ございません」

駿太郎を小籐次の腕から抱き取った。

「なんのことがあろうか」

「新年明けましておめでとうございます」

「おやえどの、おめでとうござる」

案内してきた浩介も座敷の入口に控えていた。

「こたびは赤目様にお世話を掛けました」

「お世話とな。覚えがないが、なんのことであったかな」

小籐次が首を捻り、おやえが竹簪を抜くと顔を赤らめた。

「あっ、そうか。浩介さん、おやえさんと話し合われたか」

浩介が、

「はっ、はい」

と頷き、おやえも、

「赤目様のお心遣いで、浩介さんがようやく胸の内を明かしてくれました」

「お二人の顔を見ると、二人の気持ちは相通じたということじゃな」

「はい」

と返答したおやえの顔が今度は幸せに赤らんだ。

「酔いどれのお節介も時には役に立ったか」

「赤目様、お礼の言葉もございません。おやえはずっと昔から浩介さんが打ち明けてくれぬものかと思うて、歳月を過ごしてきました」

「昌右衛門どのも母御もこの一件、異論はないのじゃな」

おやえがこっくりと頷いた。

「赤目様、奥にも大番頭さんにもなんの差し障りもございません。お父つぁんも浩介さんの人柄をとくと承知で、私にどうかと勧めたくらいですから」

「他に懸念がござるか」

「ご存じのように店には大勢のお出入りのお客様も奉公人もおります。その方々が浩介さんが婿に迎えられることを大喜びするとばかりは考えられませぬ」

「そのような方がおられるか」

浩介もおやえも曖昧《あいまい》に頷いた。

「これが公になりますと明らかになってくることもございましょう。その折、非難反感は浩介さんに向けられましょう。どうか赤目様、そんな折、浩介さんの力になって下さいませ。おやえが赤目様をお呼びした理由にございます」

小籐次はおやえの真心に打たれ、大きく首肯した。

「わしがなんぞの役に立つかどうか知らぬ。浩介どの、われらは箱根以来の友である。いつなんなりと忌憚《きたん》ない気持ちをお聞かせあれ」

「有難うございます。これで百万のお味方を得たようにございます」

浩介もほっとした顔をした。

「暮れの内に大番頭さんから水戸行きを聞かされたが、浩介どの、日程は決まったかな」

「今の様子だと、小正月を過ぎてのことになりましょう」

「浩介どのは身辺忙しいで、こたびは江戸で留守番かな」

小僧の国三の願いが小籐次の念頭にあった。

「いえ、行きます」

とおやえが返した。

「おや、たれぞががっかりなされような」

小籐次は思わず呟き、

「小僧から頼まれましたか」

と笑みを浮かべた浩介に聞き返された。

「まあ、そんなところだ。その小僧どのに悪気はないで聞き逃して下され」

浩介が大きく頷き、おやえが、

「赤目様、駿太郎さんを水戸へ連れて行かれますね」

「倅ゆえおぶっていくことになりましょうな。迷惑かのう」

「お守りを二人ばかりお連れ下さいませぬか」

「おやえどの、お守りを連れ歩く身分ではござらぬ」

「私と小僧の国三でも駄目ですか」

「なんと、おやえどのも水戸に行かれるか」

「こたびの一件、浩介さんと私、打ち揃って本家にご挨拶申し上げるために参ります。赤目様、宜しくお願い申します」

「賑やかな道中になりそうですな」

と小籐次は答えながら、

(なんとしても、おりょう様の一件をその前に片付けねば)

と改めて覚悟した。

四

長屋に戻ると、勝五郎が木戸口でうろうろとしていた。

「どうなされた」

「どうもこうもねえや」

「あの話、駄目だったか」

勝五郎が長屋の奥をちらりと見て、

「それがさ、読売屋と版木屋の番頭が連れ立っておまえ様に会いたいとよ、待ってんだよ」

「わしにか」

「ああ」

「確かに盆も正月もない連中だな」

長屋の板の間に二人の男がいて、

「これはこれは世に名高き酔いどれ小籐次様」

とその一人が迎えた。

「要らざる口を利くでない」

小籐次が吐き捨てた。

大顔の男は勝五郎のところに何度か来たことがあり、顔を見覚えていた。だが、もう一方の痩《や》せた鼠のような面は初めての顔だった。

「旦那、版木屋の番頭の伊豆助さんと読売屋の空蔵さんですよ」

二人がぺこりと頭を下げ、鼠が、

「世間では読売屋のほら蔵で通ってます」

と平然と言い切った。

「ほらを売り物にすると申すか」

小籐次は土間で駿太郎を背から下ろすと、勝五郎が受け取り、

「おきみに預けてくらあ」

と一旦姿を消した。

二人の番頭の前には火鉢に火が入れられ、茶も出ていた。

仕事先の番頭二人が正月早々姿を見せたというので、勝五郎の女房おきみが張り切ったのだろう。

「見方によりますな。この空蔵は決して虚言は書きません。奉行所を敵に回すことになりますからな。ですが、わっしがネタにする連中はなんでも読売の記事はほらにしておきたい輩です」

「悪党相手に筆一本で抗しておると申すのだな」

小籐次は板の間から四畳半に通った。二人と向き合う恰好になり、戻ってきた勝五郎が板の間に胡坐《あぐら》をかいた。

「まあ、赤目小籐次様が御鑓拝借で見せられた意地を筆でやってのけておるのが、この読売屋のほら蔵にございますよ」

と胸を張った。すると、鼠の顔に豪胆とも強《したた》かともつかぬ感情が浮かんだ。鼠のほら蔵、これで胆の据わった読売屋かもしれぬなと小籐次は腹の中で推測した。

「勝五郎どのが届けた文、読んだな」

「頂いた文だけでは読売になりませぬ」

「わしには、ほら蔵の文才はないでな」

「そちらはお任せ下され」

と瘦せた胸を一つ叩いた空蔵が、

「確かめたいことがございます」

壁越しに駿太郎の上機嫌の笑い声が響いてきた。

久慈屋でおやえと女衆の手で内湯に浸かり、おむつも替えたばかりで腹も一杯だからだ。

「赤目様を殺しにきた侍の子を引き取り、お育て中と勝五郎さんに道々聞かされましたが、ほんとのことにございましたか」

空蔵が駿太郎のことから聞き取りを始めた。

「いかにも駿太郎はわしの実子ではない。須藤平八郎と申す剣客の子であった」

「戦いに負けた折には赤目様に赤子の世話を願うと申されたそうですが、真実《まこと》でございますか」

「いかにもわしの問いに須藤どのは、それがしが死に至ったときには、駿太郎のこと、赤目小籐次どのに託したい、とはっきりと申された。武士の約定ゆえ、わしの子として育てることになった」

鼠の空蔵の膝にはいつしか書付け帳があって、矢立《やたて》から出した筆が猛烈な勢いで動かされていた。

「この駿太郎の亡父須藤平八郎どのは、さる西国の大名家に奉公した人物であった。上役の娘御と相思相愛となり、娘が駿太郎を孕《はら》んだで藩を辞し、江戸に出ようと約束したが、諸々の仔細あって叶わなかった」

「大名家を赤目様は承知でございますな」

「承知しておる。だが、それは喋らぬし、そなたも書いてはならぬ。よいな」

「へえ」

「また騒ぎの中で駿太郎の母親も死んでおるで、こちらの名も出してはならぬ」

「それでは読売になりませぬ」

「父親は須藤平八郎と判明しておるではないか」

「それはそうですが」

と首肯した空蔵が、

「そもそも、なぜ子連れの刺客に赤目様は襲われなすったので」

と鋭くも切り込んできた。

小籐次がどうしたものかと迷っていると、板の間の勝五郎が、

「番頭さん、そりゃ御鑓拝借の流れだよ」

と答えてしまった。すると、鼠の浅黒い顔が赤く染まって、

「なんですって。御鑓拝借の一件、未だ続いておるんですかえ」

と問い直した。

小籐次は致し方なく頷き返し、

「江戸に駿太郎を伴い出てきた須藤平八郎どの、食うに困られて御鑓拝借の一家に雇われ、わしを襲う約定をなされたのだ。わしはそれがどちらの藩かも承知だが、読売で藩名を上げることはならぬぞ」

「仄《ほの》めかすくらいはしねえと読売になりませんや」

「それは致し方なかろう。ともあれ、赤子を連れて江戸に出た須藤どのの腕を頼った一家があったということだ」

「こいつは読売のネタになります」

と鼠の空蔵が太鼓判を押し、しばし虚空に細めた目をやって考えた。そして、膝の書付けに何事か付け加えた。

勝五郎が鉄瓶に沸いた湯で茶を淹《い》れ直した。その茶を小籐次が啜っていると空蔵が、

「隣りで笑い声を立てている赤子が噂の駿太郎様ですな」

「須藤駿太郎、ただ今はわしが養父ゆえ赤目駿太郎と名を変えた」

「こたびの争いと駿太郎様のことは関わりございませんな」

「あるといえばある。ないといえばない」

空蔵が頭を捻った。

小籐次は改めて、高家肝煎の畠山家に養子に入った京の公卿三条宮中納言家の次男坊頼近が、江戸入りする道中に他人と摩り替わった可能性が高いことを告げた。

「なんのために、だれがそのようなことをなされたのでございますか」

政事《まつりごと》絡みのことで読売屋としては記事にするのは難しいのであろう。空蔵の顔が険しかった。

「いや、赤目様はどうして畠山頼近様が偽者と承知なされたのでございますな」

「知り合いの仲介で先の京都所司代の内与力どのと過日面会致した。その人物、江戸入りする三条宮頼近様を逢坂の関まで見送った人物でな。数年後、江戸に戻

り、畠山頼近様がまるで異なる人物であったと、わしに証言なされた」

「驚き入った次第にございますな」

と呟いた空蔵は、

「この話、しっかりと裏をとっておきませぬと、こちらの首が飛ぶ話にございますよ。幕府を敵に回したくもございませんが、この畠山様もなかなか危険な人物にございますでな」

と空蔵は別のネタ源《もと》からの話を合わせ持っているようで小籐次に言った。

「赤目様が記された文の内容と重なるやも知れませぬが、最初から念を押し直しますのでお答え下さい」

小籐次は茶を喫し、首肯した。

「赤目様はそもそもどうして、この畠山頼近様と関わりをお持ちになりましたかな」

勝五郎に持たせた文には北村おりょうのことは一切触れていなかった。だが、読売屋の老練な番頭は最初から聞き直す覚悟のようだ。

「触れたくはないが、いかぬか」

「触れたくはない、と申されますと」

「一人の女性《にょしょう》の命に関わることでな」

「お聞かせ下さい。聞いてこれは伏せねばならぬと思うたならば、読売屋の空蔵、頭の中だけに残す覚悟は常に持っております。ほら蔵と呼ばれる男のせめてもの矜持《きょうじ》にございます」

と空蔵が言い切った。それまで黙っていた版木屋の番頭伊豆助が、
こほんこほん
と空咳《からぜき》をして、

「赤目様、ただ今の空蔵さんの言葉、私が保証致します。この世界、よた話をネタに食いつなぐ連中がごろごろおります。ですが、空蔵さんの書く読売には一つとして作り話はございません。だからこそ、どんなことを書かれようと奉行所が空蔵さんの身に手を伸ばせないのでございますよ」

と言い切り、勝五郎も頷いた。

「赤目様、仮にここに二枚の読売があると致します。内容はほぼ等しい」

空蔵は懐から刷り上った読売二枚を出して小籐次の前に広げた。両方とも同じものだ。

「たとえ話ですぜ、赤目様。この一枚目の読売は読売屋が推量で書いたものだ。

こちらの二枚目は書いた当人が裏の事情をくまなく調べ上げたうえで差し支えのある事実を伏せた読売だ。二枚の文面はほぼ同じです。だが、二つには大きな違いがございます。一枚は推測、もう一枚は確証をとって危ないと思える事実を伏せた記事、読売の買い手は怖うございましてな、この差を勘で嗅ぎつけます。奉行所も承知でございます。この手間を省くと読売屋ではない。ただのがせネタ売りだ。ここらが読売屋の腕の見せ所、矜持にございますよ」

と言うと、

「赤目様、この空蔵、赤目小籐次様との約定を違えるほど無鉄砲者ではございませんよ。そんなことをすれば、来島水軍流流れ胴斬りで、わっしの体は真っ二つと分ってますからな」

小籐次は瞑想した。

今望むことは、おりょうの身を安全に奪還することだ、そのために読売屋を利用しようとした。読売屋の空蔵もまた命を張って商いをしていた。

お互いいい加減な話を広めるわけにはいかないと、最前からの空蔵の言動で小籐次は悟っていた。

「よかろう。すべてを話そう」

小籐次は覚悟をした。

「それがようございます」

小籐次は、大御番頭の水野監物家下屋敷の奥女中北村おりょうの身に突然降りかかった縁談話から、相手の高家肝煎畠山頼近の先祖が徳川幕藩体制初期の山城国御牧藩主津田高勝であり、幕府を恐れて津田の名を捨てた末裔とその末裔の頭分が率いる妖術集団の山城祭文衆が幕閣内に恐怖心を撒《ま》き散らしていることなどを仔細に告げた。

「驚きいった話にございますな」

鼠の空蔵が一段と険しい表情で顔を歪めた。

「赤目様は、まず第一におりょう様の身を案じておられますので」

「当然であろうが」

「言い切られましたな」

「空蔵、そなたの筆の滑りでおりょう様の身に万が一のことあらば、望みどおりそなたの胴と首とが二度と会えないと思え」

「くわばらくわばら」

と答えた割には空蔵の表情には余裕があった。

「赤目様、この話、偽の畠山頼近様、いや、津田高勝の末裔の狙いが今一つ判然と致しませぬな」

「先祖が徳川家に潰された恨みかのう。それと江戸でひと稼ぎしようとした大芝居と見たがな」

「赤目様、これは政事絡みの大ネタにございます。成功すれば儲けも大きい。だが、幕閣を敵に回すようなことになれば、うちなんぞは、いえ、この版木屋の伊豆助さんのところも一蓮托生に潰されて、わっしらの首が高札場の傍らに晒《さら》されます」

「いかにもさよう。手はないこともなかろう」

「と申されますと」

「幕閣に偽高家肝煎の一件で恩を売ればよいことだ」

「幕閣の意向に沿った提灯記事を書けと、そいつばかりはできませせぬ。痩せても枯れても読売屋のほら蔵、幕府と一緒になって虚言を弄し、読売の買い手を騙《だま》したくはございません」

「だれがそなたに筆を曲げよと申した」

うーむ

と空蔵が小籐次を睨んだ。

「この赤目小籐次とて幕閣に楯突く度胸はないわ。この一件、だれとは名を挙げられぬが、老中どのの密偵どのと行動をともにしておる」

「なんと、妖術遣いの山城祭文衆の一件、幕閣も酔いどれ小籐次様と足並みを揃えておられますか」

「一部じゃがのう」

小籐次は首肯した。

「錦《にしき》の御旗《みはた》がこっちにあるとなりゃあ、鬼に鉄棒、酔いどれ小籐次様に酒徳利だ。よし、腕を振るいますぜ」

と綿入れの袖を捲り上げて痩せた二の腕を空蔵が出した。

「空蔵、それがしの望みはおりょう様の身が安全に戻ることである。あやつらはただ今江戸府内のどこぞに隠れ潜んでおるが、あやつらが白昼の下に、いやさ、この小籐次の前に這いずり出てくるような読売を書いてくれぬか」

空蔵から即答はなかった。しばし瞑想し、口の中で何事か呟き続け、

「この段取りかな」

と自問するように言った。空蔵の両眼が、

かあっ
と見開かれた。

「赤目様、おりょう様を連れ去った偽高家肝煎の頭分を驚かす一世一代の読売にしてみせますぜ。京の化け物がなにを考え、江戸入りしたか、空蔵が抉《えぐ》りだしてみせますって」

と胸を張った。

「大芝居じゃからのう、仕掛けは大きくするがよい。ほら蔵、そなたがこの一件で死ぬようなことがあれば、赤目小籐次が骨は拾ってやる」

「赤目様、合点承知の助だ。おりょう様の身、心配にございましょうが、数日時を貸して下さい」

「いくらそなたが敏腕でも今日の明日とはいくまい」

と答えた小籐次は、

「おお、そうだ。おしんという名の女がそなたの許へ姿を見せるやも知れぬ。それがしとは肝胆相照らす信頼の仲、その女の申すことなら信用して聞かれよ」

「おしん様とは老中様の密偵ですか」

「言わぬが花よ」

冷えた茶碗の茶を啜った空蔵が、

「伊豆助さん、正月早々から忙しくなりそうだ。今宵はこれでお暇《いとま》しましょうかな」

と言うのを聞いて、

「ほら蔵さん、赤目様と知り合いになれたんだ。これから江都を沸かす話題には事欠きませんよ」

と満足の笑みを版木屋の番頭が浮かべた。

「風が吹くと桶屋が儲かるというが、さしずめおれっちの暮らしが楽になるかねえ、赤目の旦那」

「勝五郎どの、それればかりは版木屋の番頭どのに聞くことだ。付け加えたき話を入手致さば、夜にも番頭どのの店に押しかける」

するると大顔の伊豆助が、
ぽーん
と勝五郎の膝を叩いて、

「この仕事ばかりは勝五郎さん、ああたの独擅場《どくせんじょう》ですよ。この伊豆助に任せておきなさいって、勝五郎さん」

と言い切った。

読売屋と版木屋の番頭の足音が木戸の向こうに消え、駿太郎を連れたおきみが部屋の戸口に顔を出した。

「おまえさん、赤目の旦那、正月早々仕事の話でご苦労なこったねえ」

おきみは言葉とは裏腹に上機嫌な顔をしていた。版木屋に雇われる版木職人の女房にとって、

「仕事のあるなしは死活問題」

である。正月だろうが、仕事が舞い込む話のほうがほっとする。それは人情であった。

おきみが部屋の隅にあった夜具を広げて駿太郎を寝かした。

「酔いどれの旦那、読売屋の番頭の話じゃねえが、こいつは一世一代の大仕事だぜ、張り切らざるをえないね」

「勝五郎どの、そなたも永年の版木職人だ。仕事のうえで守らなきゃならない務めをわしが改めてうんぬんする気はない。だが、この一件ばかりは念には念を入れて、だれに聞かれようと口を噤《つぐ》んでいたほうがいい。命に関わることになるやも知れぬでな」

と小籐次が注意し、勝五郎とおきみがうんうんと頷くと、急に白けた顔で、

「おきみ、戻って寝るか」

と、そそくさと夫婦で隣りに戻っていった。

空蔵の残した読売が二枚残されていた。

「駿太郎、われらも休もうか」

駿太郎が眠りかけた傍らに小籐次が横になると、増上寺切通しの時鐘が四つ(午後十時)を打った。

第五章　場末町の大雨

一

正月三日の朝の間、小籐次は長屋じゅうの刃物を集めた。むろん差配の新兵衛の家も訪ねた。お麻に台所の刃物を研がせてくれと頼んだついでに亭主の桂三郎に、

「錺《かざり》職人のそなたがどのような道具を使うか知らぬが、研がしてくれぬかな」

と言ってみた。

「私の場合は、銅板やら真鍮板を切る鋏くらいですよ、切るよりはこつこつとした叩き仕事が多うございます。赤目様に研ぎをお願いする刃物じゃございませんし、道具の手入れをするのも私の仕事の一つでしてね。次の手順を考える間にな

ってますので」

とやんわりと断わられた。

この言葉を聞いた小籐次は、職人衆にだれかれとなく研ぎを申し込むのは礼を欠く行為と思い知らされた。

桂三郎は道具を自ら手入れする律儀な職人だったのだ。

小籐次はついそのことを忘れていた。

集めた刃物を板の間に並べ、文政二年（一八一九）の研ぎ始めを長屋のわが板の間で始めた。仕事をする傍らには藁籠に駿太郎が寝かされ、上機嫌の証しにあぶあぶと意味不明の言葉を吐きながら、小さな拳を振り回していた。

長屋のことだ。どこもがたのきた菜切り包丁か出刃包丁一つというところが多い。そんな包丁の柄を締め直したり、ひどいものは挿《す》げ替えたりして、毀《こぼ》れ刃を研ぎ上げると見違えるようになった。

途中でお夕が姿を見せて、

「駿太郎さんのお守りをさせて」

と藁籠から駿太郎を抱き取った。

「すまぬな。三が日から他人の子の守りをさせて」

小籐次が仕事の手を休めて、駿太郎をお夕の背におぶわせた。

「赤目様、昨日おっ母さんに連れられて呉服屋さんに行きました」

「ほう」

「おっ母さんが晴れ着をお夕に誂《あつら》えてくれたんです」

「お夕ちゃんが晴れ着を着たところを見たいものだな」

「仕立て上がったら、最初に赤目様のところに見せにきます。だって、赤目様に頂戴したお年玉で買えたんですもの。赤目様、有難う」

「なんのなんの」

「駿太郎さんの面倒くらいみないと、ばちが当たるわ」

とお夕が言うと駿太郎を背負い、長屋から消えた。

お夕は母親に命じられたわけではなく、自らの考えで駿太郎のお守りを買って出たようだ。

「助かったぞ」

小籐次は呟くと、再び研ぎ仕事に戻った。一刻半（三時間）も研ぎに集中すると長屋の刃物はかたがついた。

今度は勝五郎が様子を見にきて、

「さすがに仕事が早いな」

「どうだ。大仕事を控えて刃物の手入れをしておかれぬか」

「版木職人の鑿の刃先は丸まっていてよ、厄介だぜ。おれは道具で彫るんじゃねえ、腕で彫るんだ。気にするねえ、酔いどれの旦那」

と小籐次が正月早々無料で長屋じゅうの刃物を研ぐのに便乗することを、勝五郎が遠慮した。

「まあ、そう申さず、一度研がせてくれぬか」

と重ねて言うと、

「そうかい、酔いどれの旦那に研いでもらうような道具じゃないがねえ」

と言いながらも大小さまざまな刃先の鑿を持参した。

小籐次は勝五郎が使う道具の刃先の磨り減り方を確かめて、勝五郎の癖と力の入れ加減を推量した。癖は癖のままに残し、刃先を研ぎ直した。

職人の使う道具だ。長屋の菜切り包丁と同じというわけにはいかなかった。粗研ぎ、中研ぎ、仕上げ研ぎと三度にわけて丁寧に砥石をかけた。

「勝五郎どの、版木で試してみられぬか」

黙って小籐次の仕事ぶりを見ていた勝五郎が部屋に戻り、版木を一枚手にしてくると、小籐次の傍らに黙って上がり込んだ。

細鑿を摑んだ勝五郎が版木の裏に足を添えて版面を傾けさせ、鑿の刃先を版面に入れた。すると、力もさほどかけぬのに、
しゅっ
と削りかすが伸びて綺麗にくるくると丸まった。

勝五郎が驚きの顔を上げて小籐次を見た。

「いかがかな」

勝五郎はなにも答えず座り直すと、次々に道具を替えての試し彫りを始めた。見る見る勝五郎の膝の前に削りかすが山になった。どの削りかすも引っかかりがないことを示して、同じような薄さをしていた。

勝五郎が動作を止め、険しい表情で小籐次を見た。

「旦那、おめえ様の凄さを改めて思い知らされたぜ。なんてこった、勝五郎は隣りに住んでいて、酔いどれ小籐次様の研ぎを稼ぎ仕事くらいにしか見てなかった。こいつは違う、神様の研ぎだ、きれがあらあ。久慈屋や京屋喜平の職人衆や奉公人が小籐次様の研ぎ上げた刃物でなきゃあと言うはずだ」

と唸った。

「神様の研ぎとは大仰《おおぎょう》な褒め言葉じゃな。まあ、正月ゆえ素直に聞いておこうか」

小籐次は研ぎ道具を片付け始めた。

「これで旦那に、手入れした道具まで長屋じゅうに配り歩かせたら、ばちがあたるぜ。おれが配ってくらあ」

と両手に一抱えの道具を持って勝五郎が板の間の仕事場から姿を消した。

小籐次は研ぎ垢で濁った桶の水を井戸端まで運んで行き、梅の根元に撒いた。裏長屋とはいえ久慈屋の家作だ。敷地もゆったりとあり、長屋の裏庭には梅、柳、椿と木が植えられ、どれもが樹齢何十年も経っている。

桶を洗っていると長屋の住人が、

「酔いどれの旦那、有難いね。これで気持ちよく菜っ葉が切れるよ」

と礼を言いにきた。

「どうだえ、昼餉にうちでうどんでも食べないか」

おきみも声をかけたが、

「久慈屋に研ぎ始めに参るでな」

と断わった。

小籐次は部屋から小舟に商売道具を積み込んだ。すると、そこへお夕が姿を見せた。

「お夕ちゃん、助かった。昼前に終わるとは思わなかった。それもこれもお夕ちゃんが駿太郎の面倒を見てくれたからじゃぞ」

小籐次はそう言うと、懐から二本の竹簪を出して、

「お夕ちゃんにはちと地味かも知れぬが、晴れ着を着る折、頭に挿してくれぬか。もう一本はおっ母さんにだ」

とおやえに与えたと同じ、飴色に煤けた古竹の根っこと竹片を利用して作った簪を渡した。

お夕が簪と小籐次の顔を交互に見て、

「赤目様、これをお夕とおっ母さんにですか」

「やっぱり娘には地味過ぎるかのう」

「赤目様、こんな美しい模様見たこともないわ。おっ母さんに見せてくる」

小籐次がお夕の背から駿太郎を抱き取り、お夕がいなくなった。

小籐次は駿太郎を小舟の藁籠に寝かせた。これで仕度はなった。

「よし、久慈屋に参るぞ」

と駿太郎に声をかけ、舫い綱を杭から外して竿の先で石垣を、
こつん
と突いた。すると、小舟が堀留の水面を揺らして石垣から離れた。

三が日、穏やかな日々が続いていた。

「赤目様」

お麻の声がして石垣の上に母子が立った。二人の手にはそれぞれの竹簪があった。

「なんだ、礼を申されるほどのものではないぞ。手遊《てすさ》みでな」

お麻が腰を折って、

「殿方から簪を頂くなんて亭主以来ですよ。それも十数年前のことです。釣った魚には餌はくれませんから」

と零《こぼ》れるような笑みを送ってきた。

「古竹の節模様を見ていたら遊びたくなった。お夕ちゃんには地味であろうが、今度晴れ着に合わせて、お父つぁんにぴらぴら簪でも作ってもらいなされ」

「いえ、この簪、どんな珊瑚玉のものより美しいわ。お夕にも私にも一生涯の宝物です」

とお麻が自分の言葉に得心したように顔を何度も振った。

「勝五郎さんの最前の言葉と同じく大仰じゃな」

「勝五郎さんがなにを言ったか存じませんが、お夕の嫁入り道具ができました」

小籐次は頷くと竿を艪に替えた。

「よいな、本物の嫁入り道具はお父つぁんに作ってもらいなされよ」

石垣の上に立つ母子が手を振り、駿太郎が、
あぶあぶ
と機嫌のよい声で応じた。

堀留から堀に出てみると、正月の初荷を積んだ荷足り船が晴れがましくも幟《のぼり》を立てて往来していた。屋号入りの真新しい法被《はっぴ》を着た奉公人や鳶の親方や船頭が乗り込んで正月の華やかさを水上に撒き散らしていく。

どこからともなく梅の香が漂い、鶯が鳴いた。

（おりょう様、どこで正月を迎えられたか）

と小籐次は胸の中で思った。そして、

「暫時お待ちあれ、赤目小籐次が助けに参りますぞ」

との言葉を口に出して宣した。

そのとき、小籐次はおやえ、お麻、お夕があれほど喜ぶ竹簪なれば、おりょうにも一工夫した竹簪を新たに作ってみようかと考えた。

「よし、竹簪が先か、おりょう様のお顔を見るのが先か」

一つ目標ができた小籐次は艪に力を入れた。

久慈屋の店頭は正月気分が続き、年始の挨拶回りの客で溢れていた。その応対に大番頭の観右衛門は大童《おおわらわ》だ。

小籐次は会釈すると、土間の片隅に研ぎ場を設え、駿太郎の藁籠を置いて、いつもとは違う東海道の賑やかな通りを見ながら研ぎの仕度を始めた。

小籐次が来ていることを知った手代の浩介が、

「赤目様、三が日からお仕事ですか」

「久慈屋様も店を開けておられる。迷惑でなければ道具を研がせてくれぬか」

「年末もお働きになりましたよ」

「昨日今日と道具を使ったものがあろう。また、普段使いにはしない道具があればこの際だ、研いでおこう」

「恐縮にございます」

「こちらは時間潰し、気になさるな」

との小籐次の言葉に、浩介が観右衛門の帳場格子に相談にいった。しばらくすると古い布に包まれたものを観右衛門が持参した。

「赤目様、ご苦労に存じます」

「なんのこちらは暇の身でな。勝手に押しかけたのだ」

小籐次は観右衛門の両手にある布包みを見上げた。

「これは久慈屋の初代が江戸に出てきたおりに持参してきたものだそうで、刀鍛冶に紙裁断用の刃物を頼んだところ、このような大業物《おおわざもの》ができ上がったそうです」

観右衛門が布を解くと、白木の鞘に納まった長包丁が姿を見せた。

小籐次は百年余の年輪を重ね、手垢や汚れの染みた白木の鞘を払った。

刃渡り二尺ほどで、地幅も峰幅の厚みもそれぞれ刀の倍はあり、片切刃造りで手にずしりと堪《こた》えるほどに重かった。

刃には錆が浮いていた。

「江戸に出て三代ほどは仕事に使っていたようですがな。近年は道具も日々進歩しますで、蔵に仕舞われておりましたものです。浩介が伝える赤目様の言葉を聞きましてな、ふと正月に相応《ふさわ》しい研ぎ註文かなと思い付きましたので。考えてみればこの道具こそが久慈屋の創業期を表わすものにございますよ。手入れを致し、われらの先代方はこれで仕事をなされていたと奉公人に改めて教えとうございます」

小籐次は白木の柄を外した。すると、銘が刻まれていることが判明した。

「住常陸国笠間兼保《じゅうひたちのくにかさまかねやす》」

とあった。

小籐次は刀鍛冶として笠間の住人兼保の名を知らなかった。だが、手入れを怠ってきた道具に、

「豪壮と繊細」

が覗けて、なかなか熱心な鍛冶の快作と窺えた。

「赤目様、研ぎを願えますか」

「やってみよう」

小籐次は改めて刀の研ぎの砥石に換えた。これほど大物の片切刃造りを研いだことはなかった。剣は左右均斉である。

小籐次は長いこと時間をかけて紙裁断に使ったという大業物を調べ上げた。続いて桶に張った水に刃を沈めた。長い歳月、白木の鞘に納まっていた刃が音を立

てて水分を染み込ませていく感じがした。

「水に餓えていたか」

むろん刃が水を染み込ませるわけではない。だが、そんな感じを小籐次は持った。

たっぷりと刃に水をくれる間に粗砥の滑面にも水を含ませた。

久慈屋の店前に三河万歳が立ち、鼓を打ち鳴らし、万歳歌で寿《ことほ》いだ。

小籐次は切っ先を下にし茎《なかご》に手を添えてゆっくりと研ぎを始めた。そうなると、小籐次の脳裏から三河万歳も通りの往来の賑わいも消えた。

ひたすら百年余も手入れがなされていなかった大物の研ぎに専念した。どれほどの刻が流れたか。大雑把な粗砥をかけ終え、刃を水に浸した。

錆が取れ、鈍い輝きを刃は取り戻しつつあった。

「赤目様、正月早々熱心にございますな」

という声に顔を上げると、難波橋の秀次親分が久慈屋の上がり框に腰を下ろして観右衛門と話していた。

「おや、いつ参られたな」

「赤目様が怖い顔で研ぎに没頭しておられるのでさ、声をかけるのを遠慮申し上げたんで。こちらに年始の挨拶に立ち寄ったのは四半刻（三十分）も前のこってすよ」

「それは知らなんだ」

「正月早々研ぎ甲斐がある道具でしたな、赤目様」

と観右衛門が恐縮した。

「この大業物を見たときから、そう簡単に研ぎ上がる代物《しろもの》ではないと承知しておった。まあ、この数日、楽しめような」

と小籐次が笑った。

ふと見ると籠が空だった。

「駿太郎はどこに」

「おや、国三が声をかけて連れていったのをご存じございませんか」

「国三さんが子守りをしておるのか」

「ただ今は台所で女衆にかまわれておりますよ」

「なんとも不覚な話にござるな。わが子が居なくなったのも気付かずに研いでおったか」

小籐次は自らの行動に呆れ果て、話題を変えた。

「親分も年始の恰好とも思えぬな」

「近藤の旦那の供で品川外れに足を延ばしてきましてな」

近藤の旦那とは南町奉行所定廻《じょうまわり》同心近藤精兵衛のことで、難波橋の秀次は近藤から御用聞きの鑑札をもらっていた。

「正月早々御用でござったか」

「江戸も在所からの流入が増えましてて、これまでの朱引き外に掘っ立て小屋を建てて住まいするようになりました。品川宿六軒茶屋町外れもその一つでしてな。此度新しく朱引き地に組み込まれたんですよ」

「たれぞに聞いたな」

秀次親分が頷き、

「六軒茶屋町なんて小洒落《こじゃれ》た地名は、目黒不動尊への参詣客目当てにできた茶屋からきていましてな、正しくは永峰六軒茶屋町と呼ぶんでさ。この茶屋町外れに在所から流れ込んできた人間が場末町を作って住み始め、元々の住人と諍いを起こすようになりましてな。この新開地に島抜けやら咎人が潜り込んで、さらに厄介なことになりそうなんで」

「ほう」

「本日、参りましたところ、稲荷社を中心にして掘っ立て小屋もそれなりに清潔でしてな。意外と治安も乱れておりませんでした」

「それはなによりのことであったな」

と小籐次が応じ、

「まあ、新たに奉行所支配下に入った町々の風紀が整い、町並みが整備されるには何年も掛かりましょうな」

と秀次が答えた。

「親分さん、またなぜ島抜けなんぞが潜り込む新開地の治安がしっかりとしておるのですな」

と観右衛門が秀次に尋ねた。

「なんでも京から江戸に下向してきた連中が潜り込んでおるとか。夜な夜な竹笛なんぞを吹いて雅《みやび》じゃそうな。本日は会えませんでしたが、噂ではなかなかの人物らしゅうございますよ」

小籐次の目がぎらりと光った。その目が百年の眠りから覚めようとしている大刃に行き、
じいっ

と凝視した。

二

秀次が久慈屋から去ったあと、小籐次は観右衛門に国三を文使いに頼んでよいかと願った。

「それは構いませぬが、どちらまでですな」

「おしんさんへ文を渡すだけじゃ」

「老中青山様のお屋敷に使いですか。粗相があってもいけませぬな」

としばし思案した末、頷いた。

小籐次は観右衛門に筆を借りると、短い文を書き終えた。その紙を折り込んでいると浩介が姿を見せて聞いた。

「もう書かれましたか」

「なに、浩介どのを煩わすことになったか」

「三が日、未だ商いは本式ではございません。私も青山様のお屋敷を訪ねるよい機会にございます」

「すまぬことだ」

小籐次は文を奥向きのおしんか、中田新八に渡すように願った。承知致しましたと、すでに外出の仕度を終えていた浩介がその足で店を出ていった。

小籐次は再び砥石に向い、研ぎ仕事に没入した。

どれほどの刻が過ぎたか、小籐次の前に影が止まった。手を止め、見上げるとおしんと浩介が並んで立っていた。

「浩介さん、造作をかけたな」

「なんのことがありましょう。青山様のお屋敷を拝見できて今後のためになりましてございます」

と如才のない返事をした浩介が店の奥へと入り、

「大番頭さん、ただ今戻りました」

と挨拶する声が響いた。

「酔いどれの旦那、永峰六軒茶屋町外れの場末町とは考えもしなかったよ」

「いや、おりょう様の吹く竜笛かどうかは判然とせぬ。だが、念のためだ、調べてくれぬか。京の古狐、秀次親分らが調べた折にはなんの訝しい点も感じられなかったというが、油断はしておるまい」

「ちょいと屋敷に用事があって戻ってきたところに使いを頂戴してね、運がよかった。このツキがあるんだ。竜笛の主はおりょう様のような気がするがね」

「日が落ちたら、それがしも参る」

おしんは頷くと、様子のいい後ろ姿を見せて東海道の雑踏に姿を消した。

小籐次はさらに一刻ほど百年余の手入れ知らずと格闘して粗研ぎを終えた。道具を片付けていると、奥から客と一緒に観右衛門が姿を見せて正月の酒に酔った客を送り出した。そして、小籐次の膝の前にある大刃を見、

「一日で、ようもそこまで研ぎ上げられましたな」

と言った。

小籐次が茎《なかご》に布を巻いて観右衛門に渡した。

観右衛門はしばし西に傾いた光に粗砥を終えた刃を翳して、感慨に耽《ふけ》る面持《おもも》ちで眺め入った。そして、呻くように呟いた。

「ご先祖方の商いの風景と暮らしぶりが刃の向こうに見えるようにございますよ」

「百年の時に隠されておったものが見えますか」

「徳川家康様が幕府を開かれた当時の江戸は、入り江に沿った岸辺に葦原が広が

っていたと聞いたことがございます。家康様入城の百年以上前、御城普請の太田道灌様方は、御茶ノ水の台地を崩して葦原に埋め敷き、平地を十坪二十坪と増やしていったそうな。家康様による江戸城の増築と城下の建設は、各大名方を競わせて短い歳月で完成にこぎ着けたと聞いておりますが、工事目当てに諸国から浪々の士や渡り職人が多く入り込んで、夜中になるとあちらこちらで悲鳴が絶えなかったとも聞いております。そんな殺伐《さつばつ》としながらも活気のあった時代の空気をこの大刃は映して、なかなかの業物にございますよ」

「商いで使った刃物じゃが、いかにも大らかにして豪胆な刃造りに戦国の気風が見えますな」

「赤目様、研ぎ上がった暁には、研ぎ供養を兼ねて先祖の法要をしたいと旦那様が申しております。久慈屋も百何十年を経て、商いが上品になったやもしれませぬ。荒々しいほどの商い魂を思い起こさせるには、打って付けのお道具にございます」

「蔵の中に眠っておるのを思い出した大番頭さんの手柄ですな」

「いいえ。この古道具の価値を見出《みいだ》され、蘇《よみがえ》らせた赤目様の研ぎの腕前こそ褒められてしかるべきです」

「大番頭さん、研ぎの正念場はこれからでな。研ぎ終えた後でそのお言葉が聞けるかどうか、数日の時を貸して下されよ」

と答えた小籐次は観右衛門に、秀次の言葉に従い品川外れまで出向く、と伝えた。

「難波橋の親分の言葉がなんぞ引っかかりましたか。ははあ、おしん様はそのために呼ばれましたな」

「そういうことだ」

「これから駿太郎さんを長屋に連れ戻るのも面倒でございましょうし、預け先にも迷われましょう。どうです、女衆に面倒を見させます。駿太郎さんをうちに置いていかれ、道具もこのままにしておきませぬか。行った先でどのような騒ぎに巻き込まれようと、赤目様一人身のほうが動きもようございましょう」

「助かるが、そのような造作をかけてよいものかのう」

「ひょっとしたら、天下の老中青山忠裕様と知り合う切っ掛けになるやもしれませんでな」

にたり

と不敵な笑みを観右衛門が浮かべた。

百年の眠りを覚まそうとする紙裁断用の大刃よりも胆の太いのが大番頭の観右衛門だった。

「願おう」

「小僧の国三を店の板の間に寝せますでな、いつ何時でも臆病窓を叩きなされ」

「国三どのにも迷惑をかけるか」

「国三にも魂胆がありましょうが、赤目様のためならどんなことでも致しますよ」

と水戸行きの同道を望む国三の胸の中を観右衛門はすでに見抜いていた。

小籐次は頷き返すと、桶や砥石類を店の土間の片隅に置き、研ぎかけの大刃は布に包んでいったん観右衛門に預けた。

「それでは駿太郎をお頼み申す」

小籐次の腰に孫六兼元と長曾禰虎徹入道興里が収まり、竹とんぼの差し込まれた破れ笠を被ると、久慈屋の店先から芝口橋へと踏み出した。

小籐次は、東海道の品川大木戸前を伊皿子坂へと上がり、寺町の間を抜けて二本榎の辻に出た。

この界隈は物心ついたときから熟知した土地だ。森藩の下屋敷もおりょうの奉公する水野監物の下屋敷もあった。だが、この日は大和横丁には曲がらず、夕日に照らされた品川の海を横目にひたすら真っ直ぐ南に向って歩いた。

筑後久留米藩有馬様の下屋敷を過ぎた辻で方角を西に変えた。

上大崎村に飛び地した永峰六軒茶屋町がどこを指すか、小籐次ははっきりとは知らなかった。だが、目黒不動への参詣の道なればとっくと承知の小籐次だ。足の運びが止まることはない。

いつしか行く手に濁った残照の空が広がっていた。

そろそろ目黒川に差しかかるはずだが、と破れ笠の縁を片手に摑み、辺りを窺った。すると道の横手の薄闇から、
ふわり
と浮かび出た女がいた。

むろん老中青山忠裕の密偵おしんだ。

「狐狸が姿を見せるにはちと早いと思ったが、おしんか」

「酔いどれの旦那、人に用を頼んでおいてそれはありませんよ」

「そうそう。用を願ったのはそれがしであったな」

おしんは小籐次を参詣道に面した長屋門と生垣の家に連れ込んだ。

「上大崎村の庄屋中蔵さんの屋敷ですよ。参詣道に茶屋を営んでおられるので、奉公人も多い。女衆も何人もおられますので、駿太郎さんの面倒を見させるのに都合がいいかと、塒《ねぐら》に願ったのですがね」

とおしんは空身の小籐次を横目で見た。

老中の女密偵はこの探索が長引くことも想定し、このような塒まで準備していた。

「駿太郎は久慈屋に造作をかけた」

「そうでしたか」

と庭を突っ切ったおしんの声はなんとなく残念そうだ。

小籐次の耳に庄屋屋敷の座敷から正月の宴か、賑やかに酒を酌み交わす声が響いてきた。

おしんは小籐次を台所に連れていった。

「連れが参りました。すみませんが、頼んでおいた夕餉をお願い申します」

とおしんはすっかり庄屋の女衆に馴《な》れ親しんだ様子で願った。

「正月早々居候だと」

と釜の前にいた女が火吹き竹を手に立ち上がり、破れ笠を脱ぐ小籐次を見て、

「あんれまあ、おまえ様は酔いどれ小籐次様ではないか」

と大声を上げた。

小籐次が見ると、数年前まで森藩下屋敷の飯炊き女を務めていたとみがにこにこと笑っていた。とみは所帯を持つために住み込みを辞めたと、小籐次は記憶していた。

「おや、とみどのか。そなた、六軒茶屋町住まいか」

「とみどのか、ではねえよ。お屋敷の飯炊きを辞めたはいいが、亭主になった男が道楽者でね、稼ぎもするが銭も使う。それでさ、庄屋さんに頼んで通いの女衆だ」

「久しいの。変わりないか」

「変わりないかって、こっちにはなんの変わりもないわえ。だが、おまえ様は今や江戸で知らぬ者はない、天下一の剣術使いだものね。時に屋敷を訪ねると、用人の高堂様がまるでさ、自分のことのように御鑓拝借の豪傑はこの家の奉公人だったとさ、自慢しておられるよ」

と笑った。

「お二人は知り合いでしたか」

「数年前まで同じ森藩久留島家下屋敷に奉公していた仲だ」

とおしんに告げた。

「まんまは今用意させるで、茶でも飲んでおられよ。それとも酔いどれ様、酒を飲むか」

「ちと用があるで酒は遠慮しよう、とみさんや」

二人は板の間の囲炉裏端《いろりばた》に上がらせてもらった。

「赤目様、京から流れてきたカブキ衆のたれぞが吹く竜笛ですがねえ、夜半九つにならないと聞けないそうですよ。何人かに聞きましたが、嫋々としたなかに凜《りん》冽《れつ》とした厳しさと切なさが交じり合った調べだそうですよ」

「笛が聞こえる家は近くか」

「目黒川の左岸に突き出た高台にこんもりした森がございましてね。その昔、妙見様を祀《まつ》った寺があったそうですが、今は廃寺になり、そこへ諸国から江戸に流れ込んだ連中が掘っ立て小屋を円陣に建て巡らし、まるで砦のようにして住まいしているんですよ。秀次親分が訪ねたとき、話がもれていたか、模様替えをした後だったようでね。竜笛は砦の真ん中にある妙見様の廃寺の本堂から響いてくるそうな」

「毎夜のことか」

「旦那、毎晩のことだって。土地の人は京の都の朝廷にでもお仕えしていた女官あたりが吹く笛だと言っているがねえ」

「笛の主がだれか、今晩には分ろう」

「潜り込むかえ」

「なんぞ厄介があるか」

「この界隈はこれまで寺社奉行の支配下で勧化場だったところですよ。幕府評定所ではなんとか喜捨で食ってきた地域を府内に組み込んだが、寺社地なんだか、代官領なんだかはっきりしない支配の穴を狙って場末町を作った連中ですよ。砦に入り込む者を、あちらこちらに設けた木戸で竹槍を持った無鉄砲者が見張っているそうです」

「おしん、臆したか」

「酔いどれ様ったら、いつになく鼻息荒いよ」

とおしんが笑ったところに、とみが膳を二つ運んできた。

「御節料理に飽きたからってさ、うちは鯖《さば》の塩焼きに大根の味噌汁だがいいかね、酔いどれ様」

「おお、美味そうな」

「ご飯はいくらも代わりがあるよ」

「森家の台所よりだいぶ贅沢じゃな」

「大名家の奉公ほど酷《ひど》いものはねえ。久留島様ではまんず滅多に魚にお目にかからなかったものな」

とみの言葉に小籐次は苦笑いし、

「頂戴致す」

と両手を合わせた。

「酔いどれ様、屋敷を出たそうだが、どこに住まいしてござる」

とみは小籐次の暮らしに興味を持ったようで二人の間に座って聞いた。

「芝口新町の裏長屋に住まいし、研ぎ仕事で暮らしを立てておる」

「独り身なれば、なんぼか屋敷より贅沢できような」

それが、と言い出したのがおしんだ。

「とみさん、酔いどれ様にはお子があるの」

「なに、赤目様が所帯を持たれたって」

「所帯ではない。貰い子だ」

小籐次が駿太郎を育てる経緯を掻《か》い摘《つま》んで話した。

「呆れた」

と驚きの声を上げたとみが、

「そうだな、赤目様の嫁になりてえって女は滅多にいまい。それにしても五十を過ぎた爺様侍が赤子を連れて暮らしを立てるのは容易なことではあるまいな」

とずけずけと言った。

「あら、とみさん、赤目小籐次様はこれでなかなか女にもてるのよ」

「おしんさん、そりゃ信じられないぞ」

「だって、今晩だって女の人を探しにこの土地まで来たのよ」

とみがおしんの言葉に小籐次を見た。

「どこの女を場末町まで探しに来たって、とみに言ってみろ。土地のことは土地の人間に聞けだよ、赤目様」

小籐次はおしんを見た。すると、おしんが首を縦に振った。

「とみさん、そなた、われらが奉公した下屋敷近くに大御番頭水野監物様の屋敷があったのを覚えておらぬか」

「殿様までは知らねえが、ほんれ、あの屋敷にはよ、なんとも品のいいお女中がおられたな。あの界隈の侍が次から次に付け文するって評判の奥女中だ」

「おりょう様のことか」

「おお、そのおりょう様のことだ」

「とみさん、わしが探しておるのがおりょう様だ」

「なんと、赤目様とおりょう様が知り合いじゃったか」

「まずおりょう様に縁談が持ち上がった」

と前置きして、とみにおりょうが失踪した経緯を話した。

「なんとのう、そんな危難がおりょう様に降りかかっておったか。それでおりょう様を探して永峰六軒茶屋町外れの場末町に来たって、あそこは博奕あり、殺しありの無法の里じゃぞ」

「夜な夜な竜笛が響くそうではないか」

「それがおりょう様と言われるか」

「おりょう様の竜笛を一度だけ聞かせてもらったことがある。もしかしたらと思うてな、おしんさんに手伝いを頼んだところだ」

ふうむ
と鼻で返事をしたとみが、

「酔いどれ様、変わられたな。屋敷を出てよ、おりょう様、おしんさんと見目麗しい女方と付き合うておられるわ」

　と不思議そうな目で見た。

「子連れではのう」

　小籐次はなんとなくあたりさわりのない返答をした。

「いきなり場末町に入るのは大変だぞ、赤目様」

「おしんの話を聞いて、なんぞ手立てをと考えていたところだ。場末町には何人住んでおる」

「さてのう、だれもきっちりとした数など知るまい。うちの遊び人の亭主草六が時に博奕に場末町に潜り込むがよ。草六の話では二百人は下るまいというぞ」

「潜入するにはあれこれ仕度がいりそうな。今晩はまず竜笛を聴き、おりょう様かどうか確かめる」

「亭主に相談してみようか」

「そう願おう」

　と小籐次は昔の朋輩に願った。

　飯を食い終えた小籐次とおしんは囲炉裏端で一刻半ほど仮眠をとった。

遠くから時鐘が響いてきた。

二人は期せずして立ち上がった。

三

おしんは密偵の七つ道具を入れた頭陀袋を首から下げていた。また後ろの帯の間に刃渡り一尺五寸ほどの小太刀を突っ込んでいた。だが、それは反りがなく直刀だ。

小籐次は腰に孫六兼元、虎徹入道興里の大小を差し込み、破れ笠を被った恰好で、その縁には竹とんぼが何本か差し込まれてあった。だが、今晩戦いに入ることはあるまいと小籐次は考えていた。まず笛の主がおりょうかどうか確かめることが先決だった。

庄屋屋敷の台所の裏口から庭に出ると、夜空から白いものがちらちらと舞い始めていた。

「寒い寒いと思っていたら、雪が降り始めましたよ」

おしんが首を竦めて小籐次を見た。

小籐次はふと一晩厄介になった屋敷を振り返ったが、屋敷は深い眠りに就いていた。

おしんがひたひたと草履の音をさせて庄屋屋敷の長屋門を潜った。

「酔いどれ様の露払い、永峰六軒茶屋町の場末町に案内しますよ」

「参ろうか」


おしんは目黒不動への参詣道を横切り、播磨三日月藩一万五千石の抱え屋敷の横を南に向って歩いた。

上下大崎村入会地《いりあいち》の田んぼに出ると、雪が段々と強さを増してきた。細い流れがうねって南に伸びていた。

「三田村から流れ来る三田用水ですよ。この冬の大雨で三田用水も目黒川も暴れてねえ。絡み合うように流れを変えたのさ」

とおしんが教えてくれた。

小籐次は行く手の台地の上に黒々とした森を見ていた。

おしんはそこが場末町とは説明しなかったが、説明の要もないほど、その森には荒《すさ》んだ無頼の空気が漂い溢れていた。

入会地の畦道《あぜみち》を行くと、場末町の全貌が見えてきた。

大雨によって蛇行して絡み合う、「堀」に見立てた目黒川と三田用水の流れによって場末町は守られていた。

「南北に跳ね橋があってさ、見張りが昼夜立って簡単に役人なんぞが潜り込めないようになっているのさ。そのうえ、流れを越えた向こうに逆茂木《さかもぎ》まで設けているのよ」

「偽畠山頼近と山城祭文衆が潜り込むにはうってつけの場所か」

「うっかりと忘れていたわ。麻野義蔵様から言付けがあったの。畠山頼近は津田一族の流れを汲む祭文高道《たかみち》なる人物ではなかろうかという話ですよ」

「祭文高道とな。そやつが京から江戸入りする三条宮中納言の次男どのと摩り替わり、畠山家の養子となったのじゃな」

「この祭文高道、貧乏公卿の娘十六夜《いざよい》を娶《めと》り、公卿の暮らしに滅法詳しいというわ」

「なにっ。すでに所帯を持っておったか」

「祭文高道は十六夜を連れて江戸入りしたと思われる節があるとも、麻野様は伝えてこられたよ」

「おのれ、外道が」

小籐次はおりょうの心情を推測して吐き捨てた。

「麻野どのは、祭文某と一統が江戸入りして高家の養子に入り込んだ理由をなんぞ申してこられたか」

「この二年半ほどのうちに小大名、旗本諸家の間に官位昇進を約束する空手形が出回っているそうな。官位が上がるとなればと、なけなしの金子を何百両も掻き集めて支払った大名、旗本が大勢いるそうよ。麻野様が申されるには、高家肝煎の職掌を利した偽畠山頼近こと祭文高道が懐にした小判は数千両、場合によれば一万両を超えるのではないかと伝えてこられたわ」

「場末町砦を築く軍資金には事欠かぬか」

おしんは森の東側に小籐次を案内していった。

小籐次は流れに囲まれた場末町の森の周囲が十数町はあろうと推測した。

昨年の長雨が流れを変えたと同時に森を里から孤立させていた。

「赤目様、幕府では在から流れ込んできた無宿人が四宿外れに勝手に作る場末町の対策に困っておられるのよ」

「朱引きを拡げたのも対策の一環か」

おしんが足を止めてこっくりと頷いた。

「このような場末町はどこもが代官支配地でしょ。町奉行の支配する御府内より取り締りが緩いもの」

「朱引き地に取り込んではみたものの、どこから手を着けたらよいか、そなたの主の老中どのらは考えあぐねておられるか」

「まあ、そんなとこ」

苦笑いしたおしんが、
と正直に答えた。

「おしん、青山忠裕様はなにが望みか」

「場末町の一掃」

「やぶ蚊を追い立てても、また別な暗がりに移動するだけだ」

「差し当たって御府内から消えてもらいたいというのが幕閣のもくろみですよ」

「なんの対策にもならぬわ」

二人は夜空から風に舞って雪の落ちてくる田んぼの只中に立っていた。

「赤目様、四家をきりきり舞いさせた腕前で、この場末町を引っ掻き回して欲しいの。青山忠裕様のお望みよ」

「おしん、老中には貸し借りがない。だが、そなたとは助けたり助けられたりする仲であったな」

「酔いどれの旦那とは、お互いに信頼関係だけは柳沢峠以来築いてきたつもりだけど」

「わしはおりょう様第一に動く」

「そんなこと今さら、このおしんに言い訳しなくともようございますよ」

「その折、そなたの主の青山忠裕様の考えと相反することも生じよう。そのとき、わしは公儀の立場など考えぬ。おりょう様第一に動き、老中どのの思惑など放念すると申しておるのだ」

「今晩の酔いどれ様は気張り過ぎよ」

おしんが森を見た。

そのとき、小籐次の胸が高鳴った。

きいーん！

と雪の夜空に突き抜けた竜笛の調べが場末町の森から響き渡ったからだ。

「おりょう様」

小籐次の口から思わず洩れた。

「やはり、この笛の主は北村おりょう様なのね」

「竜笛を聞き分ける才など赤目小籐次にあろうはずもない。だが、この調べだけは間違わぬ。北村家に伝わる秘曲春暁の調べじゃ」

二人は舞い散る雪の向こうから響く竜笛の音に耳を傾けた。

その調べは春の黎明《れいめい》の景色を示して、ときに嵐の様相を見せ、ときに穏やかに変わり、切なくも物悲しく聴く人の心を打った。

小籐次はよろよろと田んぼ道を竜笛が響く森へと接近した。

おしんが止めかけたが、小籐次の好きなようにさせておくべきと考えを変えた。

三田用水の岸辺の縁で立ち止まった小籐次の肩が震えているのをおしんは見た。

「あれほどまでにおりょう様を思慕しているのね。労《いたわ》しや赤目小籐次」

雪に絡みつくように響く竜笛が、春暁の穏やかな黎明のような調子に変わっていた。

夜空から落ちる雪までもが調べに乗って穏やかに躍っていた。

(おりょう様、必ずや救いに参りますぞ)

小籐次は心の中で固く誓った。

その瞬間、雪を割《さ》いて殺気が走った。

砦の中から何本もの矢が小籐次に向って射かけられた。

おしんは悲鳴を上げかけた。
小籐次の手が気配もなく孫六兼元を抜き上げて、飛来する矢を、
ばさりばさり
と両断し、流れに落とした。
おしんの目には小籐次が秘曲春暁に乗って優美に刀捌きを見せたように映じた。
怒りを呑んだ小籐次の鮮やかな手練に砦の弓手らも息を呑み、二の矢を直ぐ放つ動きには移れなかった。
小籐次は孫六兼元を口に咥えると、破れ笠の縁に差し込まれた竹とんぼを摑んだ。それはどの竹とんぼよりも大きく、羽根も薄く鋭利に削り上げられていた。
小籐次の両の掌に竹とんぼの柄が挟まれ、掌が前後に動かされると、夜空に持ち上げられるように両手が差し出され、次の瞬間、大竹とんぼが雪を衝いて夜空へと舞い上がった。
ぶうーん
おしんの耳にも大きな羽根が回転する音が伝わってきた。なにより驚かされたのはその上昇力だ。流れを軽々と越え、砦の逆茂木の何倍も高く飛翔すると、砦の中心に向って消えていった。

おしんはなにが起こるか、待っていた。
小籐次は危険な状況にあることを忘れて岸辺に立っていた。
今、秘曲春暁の最後の調べが奏でられようとしていた。
その調べが、
ぷつり
と消えた。
場末町の砦の森を静寂が支配した。
だれもがなにかが起こるのを待っていた。
砦の中から犬の吠え声がした。
次の瞬間、秘曲春暁の最後の調べが再開されていた。それは哀しみをこそぎ落として、どこか安寧とも期待ともつかぬ感情が込められていた。
(赤目小籐次の想いが届いたわ)
小籐次は口に咥えていた孫六兼元を手にすると、
するする
と流れの縁から後退した。それにおしんが加わり、永峰六軒茶屋町外れの場末町の砦の前から二人は一旦姿を消した。

この夜、小籐次は鼠の空蔵の読売屋を訪ねた。

正月四日昼前、江戸府内に読売が撒き散らされた。それには、

「高家肝煎畠山頼近の偽者の謎」

と大見出しがあった。

芝口橋の橋詰めでも、腕に刷り上がったばかりの読売を束ねた売り子が東海道を往来する人々に向って触れ声を上げた。

「大変だよ、大変だよ！

京の帝様と江戸の徳川様の御心を離反させようという輩が現れたよ。だれあろう宮中に使いをなし、日光の御代参を務め、京からの朝臣勅使のご接待、柳営礼式を司る高家肝煎畠山頼近なる人物は真っ赤な偽者、その実体はといえば、さあて、皆様この読売に一部始終が詳しく書いてあるよ！」

と声を張り上げた。

久慈屋から大番頭の観右衛門が飛び出してきて読売屋に手を差し出した。

「久慈屋の大番頭様、一枚目お買いあげ！　大番頭様、銭が先だ」

「そんなことはどうでもいいよ」

「読売屋は一枚売ってなんぼの小商いだ。頼むよ、大番頭さん」

「おまえさん、この一件にうちの知り合いが絡んでないかえ」

「大番頭様の知り合いってだれだえ」

「じれったいね、言わずと知れた酔いどれ小籐次様だよ」

「よう聞いてくれました、大番頭さんよ。御鑓拝借の赤目小籐次様が京と江戸安泰のために此度も敢然と立ち上がられたよ。東西東西、その詳しい話が書いてある読売だ。後世の宝になるよ、皆の衆！」

「五、六枚おくれな。銭はあとで取りにおいで、記事が気に入れば酒手を付けて払いますよ」

と観右衛門が読売屋の手から数枚奪い取った。

「久慈屋の大番頭さん、お買い上げ！　ほんとうに銭を払って下さいよ」

「いちいちうるさいね、読売屋。おまえさんの店の紙はだれが納めているんだい」

「そう面と向って居直られると返答のしようもねえや。はいはい、久慈屋様から仕入れておりますよ」

「売掛金もだいぶ残っているよ。なんだい、読売の五枚や六枚」

と観右衛門が言い残すと、店に走り戻った。

わあっ
と読売屋に客がたかり、高家肝煎に入り込んだ元御牧藩の末裔の悪巧みが載った読売が飛ぶように売り切れた。

ふうっ
と弾む息を吐いた読売屋が腹掛けに手を突っ込み、

「正月早々、上々吉の商売だよ」

と満足の笑みを浮かべた。そして、その足で久慈屋の店に入っていった。

店の帳場格子では観右衛門が読売に没頭するように目を落としていた。

「大番頭さん、読売代を下さいな」

「今、いいところなんだからしばらく黙っておいでな」

ふむふむ
と独りで相槌《あいづち》を打ちながら読売を最後まで読み切った観右衛門が読売屋を睨んだ。

「大番頭さん、お代を」

「そんなことはあとだよ。このネタ源はどこだえ」

「大番頭さん、信頼すべき筋とだけお答えしときましょうか」

「おまえさん、名はなんだえ」

「へえっ、角助ですが」

「角助さんや、もう一度重ねて申しますがな、おまえさんとこは紙問屋久慈屋の永年のお得意様ですよ。何年も溜まった売掛金も長い付き合いのお得意と思うから、催促の一度もしたことはございません。その私が聞いているんですよ、それを答えられないと申されるのですな」

観右衛門がじろりと読売屋の角助を睨んだ。

「大番頭さん、そう凄まないで下さいな。困ったな」

「ついでに言おうか。赤目小籐次様はうちとは家族同然の付き合い、現に赤目小籐次様の倅、駿太郎さんをただ今うちでお預かりしていますよ」

「えっ、赤目小籐次様に倅がおられるので」

「乳飲み子です。だが、そんなことはどうでもいい。お住まいの長屋もうちの持ち家ですよ」

「そうぽんぽん言葉を並べられちゃ仕方がねえや。大番頭さん、赤目様が夜中に店を訪ねてこられて大戸を叩かれ、寝惚け眼のわっしらに直《じか》に話していかれたことですよ」

「それを先に話すがいいではありませんか、手間を取らして。で、永峰六軒茶屋町外れの場末町から夜な夜な竜笛の調べが聞こえ、場末町の砦に偽の畠山頼近こと祭文高道と山城祭文衆が籠《こも》っていると確かに申されたのですね」

「確かにあの爺様はそう言ったぜ」

「ふむふむ」

「そんでよ、赤目小籐次直々《じきじき》に乗り込むゆえ、偽の高家肝煎畠山頼近とその一統、首を洗って待っておれと、ちゃんとその意が伝わるように読売に書けと空蔵さんに念を押されたんですよ」

「乗り込まれるのはいつのことです」

「だからさ、赤目小籐次一人と場末町二百余人の大戦は今晩だと思うね」

「曖昧ですな」

と答えた観右衛門が、

「まあ、ようございましょう」

と読売屋の角助の手に一分金を載せた。

「松の内のご祝儀です」

「ありがてえ」

と読売屋の角助が一分金を腹掛けに放り込み、

「さて、もう一稼ぎだぜ」

と張り切り、久慈屋から消えた。

観右衛門は読売の背景を推量するために今一度読み直した。

小籐次がわざわざ高家肝煎の畠山頼近に、

「果たし状」

のような読売を突きつけたのは幕府との密計があってのことと推量した。

幕閣は、これを機に四宿外れなどにでき上がりつつある新開地の場末町を一掃する気なのだ。だが、これはそう簡単なことではない。無宿者や在からの逃散者が流入するのは度重なる飢饉、凶作が原因の在所困窮という理由があったからだ。不安定な農村の暮らしが江戸への大量流入を生んでいたのだ。それを幕府が正面から潰すとなると、閣内の意見統一に時間がかかった。

老中青山忠裕は江戸庶民に絶大な人気を誇る赤目小籐次を、

「場末町一掃」

の尖兵として働かせようとしていた。

小籐次はそれを承知で、おりょうを助けるために乗り込もうとしている。

老中青山忠裕は、小籐次が動いて騒ぎが起こり、幕府が乗り出す切っ掛けさえできれば、幕府の戦闘集団御番衆を動かしても一気に場末町の大掃除ができると踏んだのだ。

なにより朝廷を刺激することなく、高家肝煎畠山頼近と称する津田一族の末裔祭文高道を始末する好機だった。

両者の利害と思惑が一致した末に、赤目小籐次が大胆にも場末町に乗り込もうとしていた。

「さてどうなりますか、これは見物《みもの》ですよ」

と久慈屋の大番頭の観右衛門は思わず手を擦り合わせていた。

四

永峰六軒茶屋町外れの場末町に雪が降っていた。霏々《ひひ》と降る雪は正月四日から五日にかけて降り続いた。

小籐次は場末町に戻ってくると、とみの亭主の草六を頼み、場末町の砦の森を再び訪ねた。

草六は鳶の小頭とか。気風のいい男だった。

「酔いどれの旦那がとみの知り合いだったなんて知らなかったぜ。四家を土下座させたおまえ様の孤軍奮闘はこの界隈でも語りつくされたからね。なんでも言ってくんな、手伝うぜ」

とみに小籐次の為人《ひととなり》を聞いていたか、直ぐに請け合ってくれた。

二人は夜になって場末町の森を訪れた。

草六は目黒川を渡って対岸へと小籐次を案内した。

「酔いどれの旦那、目黒不動への参詣の客も今朝から一人も六軒茶屋町を通らないが、場末町の騒ぎと関わりがありそうか」

と草六が小籐次を見た。

老中青山忠裕の女密偵おしんは独自に動いていた。

当然、幕府では小籐次の動きに合わせて場末町の取り締りに乗り出す手筈だった。青山忠裕の厳命の下、幕府の武官である御番衆が密かに動いていた。

その結果、この界隈への人の出入りが禁止されたと考えられた。

小籐次が再びこの地に戻ろうとしたとき、おしんが長屋を訪ねてきて、小籐次が仕込んだ読売の成果を報告した。

「酔いどれの旦那、おまえ様の知恵で偽畠山頼近こと祭文高道と一統がなんぞ画策する動きに出ましたよ」

小籐次はおしんの顔に懸念があることを見てとっていた。

「祭文高道め、四宿のうち品川を除く内藤新宿、板橋、千住などの外れにできた場末町に檄《げき》を飛ばして六軒茶屋町の場末町の砦入りをするように呼びかけたんだとさ。さすが青山様も江戸中の場末町にごろごろする無法者が集まるとなると、千人や二千人の戦闘集団になるというのでね、困惑されたようだが、ともかく三宿の場末町の動きを牽制して手勢を送り込まれましたよ」

「祭文高道、なかなかやりおるな」

「酔いどれの旦那、一対二百の戦いだって容易じゃないよ。桁が一つ増えての騒ぎとなると、こりゃ本物の戦だ。江戸じゅうが火の海になりかねませんよ。どうなるかね、旦那」

「おしんらしくないわ、戦は数でないぞ。此度の騒ぎ、だれが軍勢を動かしているか分っておるのだ。祭文高道の首を刎《は》ねればよいことだ」

小籐次があっさりと言い放ち、

「青山様に申し上げよ。六軒茶屋町以外の場末町の無頼をまず動かさぬが先決、あとはこちらが料理するとな」

「赤目小籐次様の言葉も、今度ばかりは大言壮語に聞こえますよ」

と言いながら小籐次の長屋から姿を消した。


草六は、まず祭文高道らが立て籠る場末町砦の森が目黒川と三田用水で囲まれ、攻撃軍が簡単に入れそうにないことを、実地で小籐次に見せて歩いた。

「去年の大雨がさ、森を孤立させて砦にしてしまったんだ。だからよ、跳ね橋のある北口と南口を渡るしか出入りができねえのさ」

「賭場に通うそなたらも皆、どちらかの口を渡るのか」

「いかにもさようだぜ。おれがだれか分らない限り跳ね橋を下ろさない用心ぶりだ。偽高家肝煎はなかなかの戦上手だぜ」

二人が話す場所は目黒川の対岸の小高い岡で、夜目に砦の森が妖気を含んで黒々と浮かんでいた。

その手前には目黒川が蛇行して場末町の砦を半円に巻き込み、残りの半分を三田用水が囲んで、砦の、

「堀」

としていた。

「古来、籠城《ろうじょう》する軍勢を一気に攻め落とすには十倍の数が要ると申す。二千人の直参旗本を集めたところで、その半分は刀を振り回したこともない連中だ。足手まといどころか、混乱と恐怖で総崩れになろう」

「旦那、一方、砦の面々は身過ぎ世過ぎを血腥《ちなまぐさ》いことで送ってきた連中だ。喧嘩上手だぜ」

「その烏合《うごう》の衆を祭文高道が纏《まと》めているとなると厄介だ」

「赤目小籐次様も参ったな」

「草六どの、籠城戦を確実に勝つには長期戦だ。包囲網を解かずにおけば、相手方の兵糧《ひょうろう》は尽き、士気も下がる」

「赤目様よ、おめえ様はおりょう様をどうする気だ。腹を空かせた京の偽公卿だかの手の内にいつまで放置しておくつもりだえ」

「それが此度の赤目小籐次の弱みでな。わし一人が入り込めればよいが」

と小籐次は腕組みして江戸にできた場末町の一つ、砦の森を睨んだ。

草六も沈黙をしばし守っていたが、

「旦那、おれがこの地で生まれ育ったって、とみに聞いたな」

「妙見大菩薩の祀られてあった森も、今は流れを変えた目黒川も遊び場所だったそうな」

「仰《おつしや》るとおり、おれは餓鬼の頃からこの川、あの森を走り回って育ってきたんだ。木株一本まで承知だったぜ。だがよ、去年の長雨が森を変えやがった。そいつに目をつけたとは祭文高道もなかなかの曲者《くせもの》だぜ。博奕で何度か森に潜り込んだが、おれの知る森じゃねえ。中の連中に案内されねえと自由に歩くこともできねえほどさ、ありゃ、戦国時代の砦だねえ」

　と草六が幾度も感心した。

　雪がさらに激しさを増した。

「この雪はそう長く続かねえ、雨に変わるよ。そいつも何日も降り続く時節知らずの長雨だ」

　と草六がご託宣し、

「旦那、潜り込むかえ」

　と顎で対岸の森を指した。

「そなたに従い、賭場に通ると見せかけるか」

「相手も然《さ》る者引っかく者だ。賭場は閉じられたよ。もう跳ね橋が下ろされるのは祭文高道の味方だけだ」

「となると、どこから潜り込む」

「この冬の大雨で森のかたちが変わったと言ったな。第一、目黒川は森にこうも接近していなかったぜ。一町は流れを南から北へ変えたね」

　と言った草六が、

「おれがさ、餓鬼の頃のことだ。まだ妙見大菩薩の祭りがあったねえ、おれたちはよくかくれんぼなんぞして遊んでいた。そんとき、妙見様の本堂の床下にさ、だれが掘ったか知らねえが、目黒川の土手に抜ける地下道があるのを見つけたのさ。そいつを酔いどれの旦那と話しているうちに思い出した」

「どこに抜けられるな」

「ほれ、今や流れの外になったがさ、目黒川の岸辺に古井戸が残っていらあ。うまくいくとそこから潜り込めるかもしれねえや。大雨で潰されてなければ、砦の森に入れるぜ」

「とみさんに会ったは僥倖《ぎょうこう》であったな」

「もっとも何十年も前のこと、それに大雨だ。抜け道が森に繋がっているとは言い切れないがねえ」

「試してみる価値はあろう」

「行くかえ」

小籐次は雪が落ちる夜空を見上げた。

夜半九つを過ぎていたが、この夜は秘曲春暁の調べは奏されなかった。

(おりょう様、なにかあったな)

小籐次の胸は騒いだ。だが、小籐次は祭文高道相手に無鉄砲は慎むべきと考え、胸の不安を強引に鎮めた。なにしろ一対二百の戦いの中、おりょうを助け出すことを強いられた。

好機はただの一回だ。その見極めが大事だった。

「草六どの、雪が雨に変わるのはいつか」

今度は草六が夜空を見上げ、

「明け方前だな」

と言い切った。

「ならば、ここは数日辛抱しようか」

「これから乗り込まないのか」

草六は酔いどれ小籐次の腕前を見る好機と考えたか、唆《そそのか》した。

「乗り込むのはただ一度、そのときは必ずや勝ち戦でなければならぬ。そのためになにかと仕度がいるな」

小籐次が地面にしゃがみ、雪の上に砦の森付近の絵地図を描き始めた。

うーむ
と草六が小籐次の傍らに座り、

「この線は目黒川か」

と聞いた。

「いかにも、ここが砦の森だ。流れの上流は谷山村、桐ヶ谷村じゃな」

「さすがに酔いどれの旦那は今里村森藩下屋敷暮らしだ。この界隈をよう承知だぜ」

「草六どの、この上流に堰《せき》は造れぬか」

「雪が雨に変わると言ったぜ。目黒川は増水するぜ」

「だから二段構え、三段構えの堰を造ろうという話じゃ」

草六が小籐次の顔をしげしげと見た。雪明かりで互いの顔がなんとか見分けられた。

「驚き入った次第だねえ、酔いどれの旦那は」

「わしがなにを考えておるか、分ったようだな」

「勘だけは人一倍鋭いからね」

小籐次は懐から有り金すべてを出した。三両と二分ばかりあった。

「それがしが融通できる金子だ」

「旦那、おれは鳶だぜ。一声かければ命知らずの二十人や三十人直ぐに集まるぜ。ましてや総大将が酔いどれ小籐次様となりゃあ、手弁当ではせ参じなけりゃ鳶じゃねえよ」

「そなたらの気風も心意気も承知の赤目小籐次だ。だがな、杭だって縄だってただではないでな。わしの気持ちを受け取ってくれ、草六どの」

「さすがに大名四家をきりきり舞いさせた酔いどれ様だねえ。有難く預かっておこうか」

と草六が受け取り、

「他にはすることないか」

と聞いた。

「北の跳ね橋前に小屋を一軒建ててもらおうか。雨さえ避けられればよい。わしが祭文高道と祭文衆、無頼者に睨みを利かす小屋だ」

「堰に水が溜まる間の小屋だな」

「そういうことだ」

「お安い御用、明日の朝までに作っておくぜ」

と草六が請け合った。


砦の森の跳ね橋から半丁手前に小屋ができたとき、雪が雨に変わっていた。小屋の南側は腰の高さまでの衝立で砦から小屋の中が覗けたが、庇《ひさし》が長いので雨が降り込むことはなかった。

「造作をかけたな、草六どの」

小籐次は小屋の柱に使った竹竿を二本手元に残した。竹の径が二寸、長さ十五、六尺のなかなか立派な竹だ。さらに衝立の前に研ぎ場を設けて、差し料の次直を研ぎながら雨の日中を過ごした。

草六の予測したとおり雨は本降りになり、地表に薄く降り積もっていた雪を消した。三田用水も目黒川も増水したと見えて、
ごうごう

と恐ろしい水流が小籐次の許まで響いてきた。

草六らは堰造りが苦労していると見えて、なかなか報告にこなかった。

その夕刻、おしんが中田新八を伴い、小者《こもの》に四斗樽を担がせて小屋を訪れた。

新八は提げた風呂敷包みから三升は入りそうな朱塗りの大杯を出した。

「陣中見舞いか」

「いえ、戦の督促にございます」

「そなたらの主どのが申されたか」

「はい」

と新八に代わり、おしんが返答した。

「戦機を読まんでは勝ちをものにはできんぞ」

「とは申せ、三宿の場末町をこれ以上押さえておくのは無理にございますよ」

「神君家康公以来の御公儀が無頼の徒を制圧できんとは、もはや終わりじゃな」

「そう申されますな」

新八が小者に四斗樽の鏡板を割らせ、柄杓《ひしやく》を突っ込んで朱塗りの大杯に酒を注がせた。

「一人では飲み難いわ。そなたらも相伴せえ」

苦笑いしたおしんが小屋にあった茶碗二つに酒を注いだ。

「頂戴致そう」

小籐次が悠然と大杯を両手に抱えた。口が朱塗りの大杯の縁に触れると、大杯が傾けられた。

ごくりごくり
と喉が鳴り、さらに大杯が傾けられた。

ふうっ
と大杯を胸の前に戻すと、小籐次が大きな息を一つ吐いた。

杯の底には酒の一滴も残ってない。

「甘露じゃな」

「お見事にございます」

新八が叫んだ。

その様子は篠突《しのつ》く雨を通して、かすかに砦の中からも遠望できた。

「こう青山忠裕様に申し上げよ。今晩が勝負、ここが辛抱のし時とな。御番衆を長くは待たせぬ、小屋におむつ流しの旗竿が立ったら北の入口に押し出せとな。だが、打ち合わせのとおり無理はならぬぞ。戦機はいずれ参る」

「確かに承りました。主に申し伝えます」

新八とおしんが小屋から消えた後、雨が一旦小降りになった。そんな小康状態は夜半まで続き、
きゅーん
と竜笛の調べが場末町の砦の森から響いてきた。

「おりょう様、お待ちあれ」

小籐次は次直の手入れを終えた。此度の戦に際して小籐次は孫六兼元と先祖伝来の次直の二振りを用意していた。

雨が再び本降りに戻った。

そのとき、雨を突いて轟音《ごうおん》が響いた。

全身ずぶ濡れの草六が小屋の中に飛び込んできた。

「堰ができたぜ、だが、小籐次様、あれが持ちこたえるのはこの一刻が限度だな」

「ご苦労であったな」

小籐次は優しい言葉をかけると、大杯に酒を注ぎ、増水する流れに堰を造るという難工事をし遂げた草六に差し出した。

「酔いどれ様ではねえぜ、飲みきれるものか」

「お残しなされ、この赤目小籐次がお流れを頂戴しようか」

「なんだって、酔いどれ様と飲み分けるってか」

張り切った草六が大杯を抱え、飲み始めた。が、二口を飲んだところで、

「少しも減っちゃいないぜ」

と大杯を戻した。

「ならばそれがしが頂戴しよう」

立ち上がり、大杯を草六から受け取った小籐次が砦の森に向き合うように向きを変え、

「待っておれよ、祭文高道」

と呟くと、再びごくりごくりと飲み干した。

「あ、呆れた」

草六が叫んだ。

「戦の時ぞ、草六どの。半刻後に動いてくれぬか」

「合点承知だ」

再び草六が雨煙の中に飛び出していった。

小籐次はさらに四半刻動かなかった。そして、
「そろそろ動かねば尻が腐るわ」
と呟くと、一本の竹竿に懐から駿太郎のおむつを出して結びつけ、小屋の前に高々と掲げた。それを見た場末町の砦の森も、そして六軒茶屋町で待機する御番衆の見張りも、
はっ
と緊張し、動き出した。

五

小籐次は腰に次直と孫六兼元の二振りの大刀を手挟み、破れ笠を被り、新しい草鞋の紐をしっかりと結んだ。

これで仕度はなった。

おりょうの吹く竜笛は途切れ途切れに続いていた。そして、本降りに変わった雨に抗するように強い調べに変わっていた。

小籐次は残った一本の竹竿を小脇に抱え、小屋から雨の中に出た。たちまち小

籐次の体は包み込む雨煙にずぶ濡れになった。

砦に立て籠る祭文高道と山城祭文衆、さらに無頼の群れからなにか叫び声が起こったが、激しい雨脚が消していた。

ふわり
と雨煙に溶け込んで小籐次の姿が小屋から掻き消えた。すると、交代に永峰六軒茶屋町に待機していた御番衆の三百余人が甲冑《かっちゅう》に槍弓鉄砲を携えて粛々《しゅくしゅく》と押し出してきた。その一隊の前には、大勢の中間小者が無数の竹を大きな円筒に束ねた盾をころころと転がして前進していった。

御番衆の大将は騎馬だった。

「進め、怯《ひる》むな」

鉄砲隊は火縄を濡らさぬように苦労していた。だが、それでも激しい雨に火縄が消える鉄砲もあった。

御番衆が北の入口、三田用水に架かる跳ね橋の前、半丁に迫ったとき、砦の森から矢が放たれ、雨煙を突いて御番衆の盾に当たって鈍い音を立てた。跳ねた矢に足を射ぬかれた小者が悲鳴を上げて泥田のような地面に倒れ込んだ。

それが戦闘の合図になった。

円筒の竹盾の陰に隠れた御番衆鉄砲隊が引き金を引き、銃弾が砦の森の籠城組へと降り注いだ。逆茂木に大胆にも跨って竹槍を突き出して、飛び道具を使った合戦を見ていた無頼の徒が何人か三田用水に転がり落ちた。

「畜生、本気で鉄砲を撃ちかけたぜ！」

「鉄砲に手造りの弓では敵うまい」

「この辺が砦から逃げ出す潮時だぜ」

と逆茂木の中で場末町に一時加わった渡世人が言い交わした。

そのとき、跳ね橋がするすると下ろされ、公卿の化粧に紫の直垂《ひたたれ》と風折烏帽子《かざおりえぼし》に身を包んだ祭文高道が白馬に跨がり、下ろされた橋の上へと乗り出して橋の真ん中で手綱《たづな》を絞った。

紫の直垂は将軍のみに許された色だ。

「幕府御番衆に申し上ぐ！　祭文高道と祭文衆は逃げも隠れも致しはしまへん。しっかりと腹を据えて戦におじゃれ！」

と白馬の上から扇子を振り、虚仮《こけ》にした口調であざ笑った。

「おのれ！　偽公卿、偽高家肝煎めが」

御番衆を指揮する大将が軍配を翻した。

「えいえいおおっ！」
直参旗本でも武勇で鳴る御番衆一番組の精鋭が軍配に呼応して進軍していった。
祭文高道は引き付けるだけ引き付けて、
さあっ
と白馬を砦の中に返し、跳ね橋を上げさせた。
再び鉄砲と矢戦になった。だが、前哨戦とは一変して激しいものになった。
小籐次は三田用水が大きく曲がって北の跳ね橋に向う砦の森の西側に回り込み、
ごうごうと音を立てて流れる三田用水と砦の森をしばし沈黙して見ていた。
思い定めたか、竹竿を小脇に流れから離れ、間合いを取った。そして、くるり
と砦を振り向いた小籐次が一つ息を吸い、吐いた。
小籐次の小脇の竹竿が両手に掲げられ、竿の先端が軽く持ち上げられた。
「参る」
六升の酒にほろ酔いの小籐次の矮軀が雨を突いて走り出した。ひたひたと泥田
のような地表を両足が蹴ると、小籐次の走りは猛然としたものに変わった。
轟音を立てる流れが迫った。
竹竿の先端が三田用水の岸辺の一角に突き立ち、小籐次の体が竹のしなりを利

して虚空へと跳ね上がり、三田用水と逆茂木を大きく飛び越えて、
ふわり
と砦の森の中に着地した。

北の跳ね橋前に御番衆の竹盾がいくつも転がされて逆茂木に対抗する防御壁ができ上がり、その内側から鉤の手が先端に結ばれた縄が、くるくると回されると跳ね橋の支柱に向って投げられ、引っかけられた。

攻撃側は鉤手で跳ね橋を引き下ろそうという算段だった。

籠城する砦の森の無頼の徒は必死で鉤の手の綱を長脇差で叩き切ろうとして鉄砲の餌食《えじき》になった。

砦の中から長い竹槍が突き出され、御番衆の一人を突き刺した。

三田用水の流れを挟んで一進一退の攻防が繰り広げられているとき、小籐次は草六に教えられた妙見大菩薩の森に分け入っていった。

雨をついて竜笛は続いていた。

小籐次は一歩一歩おりょうの許へ近づく予感を得ていた。

森の中央にさらに小高い岡があって、廃寺になった本堂が見えた。

竜笛はその中から嫋々と響いていた。

「おりょう様、ただ今参るでな」

小籐次が本堂の岡へと駆け上がろうとしたとき、北の入口である跳ね橋が御番衆の手で下ろされたか、

わあっ！

という歓声と悲鳴が交錯した。

小籐次の前の広場に白馬が走り込んできた。高家肝煎に化け、江戸幕府を引っ掻き回し、大金をせしめた祭文高道だ。

「祭文高道、最後の足掻《あが》き、どうけりをつけるな」

ゆらりゆらりと酔いの上体を揺らす小籐次が呼びかけた。

「江都に名高き酔いどれ小籐次の素っ首、山城祭文衆の頭領祭文高道が刎ね斬って京への凱旋の華に添えとうおじゃる」

鉄漿の歯を見せた祭文高道が腰の太刀を抜いた。

「馬上太刀四方流とやら拝見仕《つかまつ》ろう」

小籐次は次直と孫六兼元を左右の手に持ち、鶴が飛翔を前に両の翼を広げたように構えながら、泥田に踏ん張った足元は不動にして上体は酔いにゆらりゆらりと揺れていた。

「頭領、お待ちあれ！」

広場に走り込んできた山城祭文衆の副将が頭領祭文高道の軽挙を諫《いさ》めた。

「そなたらが先陣を務めると言われるか」

「いかにも」

「おじゃれ、術を授けようか」

と祭文高道が祭文衆を手招こうとしたとき、猛雨をついて凄まじい音が場末町の砦の森に迫ってきた。

「な、なんでおじゃるな」

鞍上の祭文高道が驚きの声を上げた。

次の瞬間、砦の森を、
どどーん！

という地響きが揺るがし、森全体が激しく揺れた。

増水した目黒川を堰きとめ、貯《た》めに貯めた水が草六らの手で解き放たれ、一気に奔流となって南門の跳ね橋付近を直撃した音だった。

雨の音を突いて絶望の叫びが重なった。それは阿鼻叫喚の地獄図を想像させ、その場にある者を恐怖に立ち竦ませた。

「祭文高道、場末町砦の森は水流に飲まれて消えるわ」

小籐次の宣告に、

「おのれ、酔いどれ小籐次め！」

と憎悪の声を上げた祭文高道が白馬の腹を蹴った。

「頭領！」

配下の祭文衆の呼びかけを無視して祭文高道の紫の直垂が風雨に翻り、腰の大太刀が引き抜かれると、鐙《あぶみ》の上に立ち上がった。

見る見る白馬と小籐次の間合いが縮まった。

小籐次は右手に次直、左手に孫六兼元を広げて動かない。

白馬の弾む息が小籐次の耳に大きく響き渡り、白馬の前脚が泥田を大きく蹴った。圧《の》し掛かるように祭文高道の大太刀が馬上から振り下ろされた。

次の瞬間、五尺余の小籐次の頭上を白馬が越えた。

酔いに大きく揺れる小籐次の上体が後ろに反り返った。破れ笠の縁が白馬の蹄《ひづめ》で蹴られたが、下半身は微動もしなかった。

白馬が小籐次の後方の泥田に着地した。

上体を戻した小籐次の視線は猛然と降る雨の空を見ていた。

虚空高く祭文高道が舞い、大太刀を翻して赤目小籐次に襲い掛かってきた。

祭文高道は白馬が小籐次の頭上に覆いかぶさるように飛躍したとき、虚空へと跳躍していたのだ。

小籐次の揺れる上体は白馬が空馬になったことを見逃さなかった。

ふわり
紫の直垂が小籐次の脳天を押し潰すように襲った。

そのとき、小籐次の上体が再び酔いに揺れて横手に滑り、次直が間合いを外した大太刀を受けて弾くと、孫六兼元が襲来した祭文高道の胸部を一撃の下に刺し貫いていた。

げえぇっ！

どさりと小籐次の傍らに紫の直垂、風折烏帽子が転がった。

「祭文高道、そなたの妖術も知れたものよのう」

小籐次が吐き捨てたとき、再び砦の森を二弾目の奔流が襲い、激しく上下左右に揺らした。

小籐次は今も続く竜笛の音に向って走り出していた。時に猶予はなかった。

泥田の広場から廃寺の本堂に飛び上がり、雨漏りのする本堂に飛び込んだ。

「おりょう様！」

小籐次の叫び声に竜笛が動揺したか、揺れた。だが、その場所へと導くように再び鳴り出した。

小籐次は次直を鞘に戻し、孫六兼元だけを抜き身にして破れ座敷に入っていった。

おりょうが竜笛を無心で吹いていた。そのかたわらに女が一人付き従っていた。

「そなた、祭文高道の妻女十六夜じゃな」

「下郎、下がりおろう」

「貧乏公卿の娘がよう言いよるわ。わしが下郎ぶりは天下周知のことよ。そなたの亭主の祭文高道は身罷《みまか》った」

「なんと」

「この赤目小籐次が成敗致した」

「おのれ！」

懐剣を抜いた女が立ち上がり、小籐次に突きかかろうとした。

そのとき、三度《みたび》目黒川の奔流が場末町砦の森を飲み込もうと襲いかかり、廃寺妙見寺本堂の南半分を引きちぎって消し去った。

懐剣を翳した女が、半分引きちぎられた本堂の光景に思わず息を呑んだ。

「おりょう様、参りますぞ」

御免、と許しを乞うた小籐次はおりょうの手を引き、草六が教えてくれた抜け道の口を探そうとしたが、すでに本堂の床下には奔流が渦巻き、抜け道が水流の下に沈没したことが分った。となると、北の跳ね橋が最後の逃げ道だ。だが、奔流は刻々と着実に砦の森を取り崩し、押し流していた。残された時間はなかった。

小籐次は兼元も鞘に収めた。

「おりょう様、御免下され」

おりょうを横抱きにして五尺の肩に担ぐと、小籐次は走り出した。

本堂北側の回廊に出た。すると広場もすでに水が溢れ流れていた。乗り手を失った祭文高道の白馬が驚きに混乱して回廊に飛び上がろうと走ってきた。

小籐次はおりょうを肩にして白馬の鞍に飛んだ。

白馬は乗り手を得て、落ち着きを取り戻した。

森藩下屋敷に奉公していたとき、赤目小籐次は厩番《うまやばん》であった。馬の扱いは手馴れたものだ。

「はいよ！」

馬腹を蹴った。

馬は乗り手の技量をたちまち見抜いていた。

落ち着きを取り戻した白馬が北の跳ね橋に向って水流を蹴立てて走った。

小籐次はおりょうを鞍の前に横座りに座らせ、右手でひしと抱き止め、左手一本で手綱を操り、北の跳ね橋に出た。だが、目黒川を奔《はし》る流れが三田用水に逆流し、北の跳ね橋をも破壊していた。

逃げ場を失った山城祭文衆や無頼の徒たちが右往左往していた。

小籐次は手綱を絞ることなく、さらに馬腹を蹴った。

三田用水の流れが迫った。

「はいよ！」

小籐次の声に人馬一体になって天を駆けた。流れを飛び越え、御番衆が集う真ん中に着地すると、小籐次はおりょうを乗せた白馬の馬腹を蹴り続けた。

二人を乗せた白馬が永峰六軒茶屋町の通りに入った。

「酔いどれ様」

おしんの叫ぶ声がどこからともなく聞こえた。だが、小籐次は手綱を引き絞ることなく白馬を駆け続けさせた。

今里村の竹藪に入った。

すでに雨が上がっていた。

小籐次がようやく手綱を引き絞り、馬が足を緩めた。

ふうっ
と芳《かぐわ》しい香りがして、おりょうの体が小籐次の片腕の中で動いた。

「いったいここは、おりょうはなにをしておるのやら」

おりょうの呟きが洩れて、

「おりょう様、目を覚まされましたかのう」

と長閑に問う小籐次の言葉が吐かれ、おりょうが小籐次の顔を振り仰いで、

「おや、赤目小籐次様」

と言うと、安心したような笑みを浮かべた。

「大和横丁はこの先にございます」

「おりょうは長い眠りに就いていたようですが、なにがございましたので、赤目様」

「ただ夢の世界に遊ばれていただけにございますよ。秘曲の春暁を吹きながらに

ございます」

おりょうが手にした竜笛を見た。その襟元に小籐次が飛ばした竹とんぼが差し込まれてあった。

「おやまあ」

と笑みを浮かべたおりょうが、

「酔いどれ様と馬で道行など滅多にできることではございませぬ。しばし楽しみましょう」

と言いかけ、小籐次は、

「おりょう様の意のままに」

と応じていた。

雨の上がった竹藪道を小籐次とおりょうを乗せた白馬がゆったりと歩いていった。

巻末付録

竜笛と雅楽の世界 ——芝祐靖さんに聞く

文春文庫・小籐次編集班

おりょうが居住まいを正し、竜笛を斜めに傾けて構え、口を寄せた。
ひと呼吸。
甲高くも透き通った音がほの明かり久慈行灯が生み出す幻想の光と影の世界を鮮烈に突き抜け、天空へと響き渡った。
一瞬にして小籐次は笛の虜になった。（本文より）

おりょうが、ほの明かり久慈行灯を披露した小籐次への返礼として、竜笛（龍笛）を吹く。なんとも美しく、官能的な場面だ。龍笛という楽器に俄然、興味が湧いてくる。

龍笛とは雅楽を構成する管楽器のひとつ。竹でできた横笛だ。その音色がすぐに思い浮かぶ人は少ないかもしれないが、たとえば動画サイトで「龍笛」で検索すれば、その〝甲高くも透き通った音〟を耳にできる。

十数年前には、ある映画で、実に印象的に使われたこともある。

「『陰陽師』という映画があったでしょう（二〇〇一年）。安倍晴明《あべのせいめい》の友人、源博雅《みなもとのひろまさ》が吹く笛、あれが龍笛で、実際に音を出しているのは私です。映画を観た人から『私も吹いてみたいんですが』という電話が何本かかかってきました。『いや、そう簡単には吹けないんですよ』とお断りしたんですが……（笑）」

と語るのは、龍笛演奏の第一人者、芝祐靖さん。

今日は、龍笛ならびに雅楽について話を伺うべく、東京の閑静な住宅街にある、芝さんのお宅にお邪魔している。

芝祐靖（しば・すけやす）一九三五年東京生まれ。宮内庁楽部《がくぶ》楽生科を卒業し、一九五五年より宮内庁楽師。八四年退官後は「伶楽舎《れいがくしゃ》」を結成し、国内外で古典・現代雅楽の紹介活動を展開している。九九年紫綬褒章受章。二〇〇三年芸術院会員。一一年文化功労者。受賞多数。

「私の書いた『一行の賦』という曲を夢枕獏さん（『陰陽師』原作者）が聴いて、これをぜひ映画で源博雅に吹かせたい、と思ったそうです。そこで博雅役の伊藤英明さんにつきっきりで一週間ほど、龍笛の指導をしました。まず、雅楽で一番有名な『越天楽《えてんらく》』を練習してもらったら、伊藤さん、実に勘がいいんですね。ちゃんと音も出たし、少し吹けるようになった。次に『一行の賦』の出だしの指使いを教えました。そうして撮った映像に私がアテレコして、あの場面になったんです」

雅楽とは何か。簡単に説明できるものではないが、あえてまとめれば、日本古来の歌舞と大陸伝来の楽器が融合した楽舞で、主に宮中の儀式音楽として、長く奏されてきたもの……ということになろうか。今は宮内庁の「楽部」が中心となり、その伝承を担っている。

雅楽の主な楽器は、まず管楽器は笙《しょう》、篳篥《ひちりき》、龍笛の三管。打楽器は鞨鼓《かっこ》、太鼓《たいこ》、鉦鼓《しょうこ》の三鼓、絃楽器は琵琶、箏《こと》の二絃。これ以外にも、たとえば横笛には龍笛より一音高い朝鮮伝来の高麗笛《こまぶえ》、宮中の儀式で重要な役割を果たす神楽笛《かぐらぶえ》などがある。

笙は、十七本の細い竹管が上へ突き出た、雅楽と聞いてたいていの人がまず想像するであろう、あの楽器だ。篳篥は小ぶりな縦笛。著名な演奏家に東儀秀樹氏がいる。

演奏における三管の役割分担は、どのようになっているのだろうか。

「主旋律を奏でるのが篳篥です。それに添って、自己主張せず、肉付けしていくのが笙。

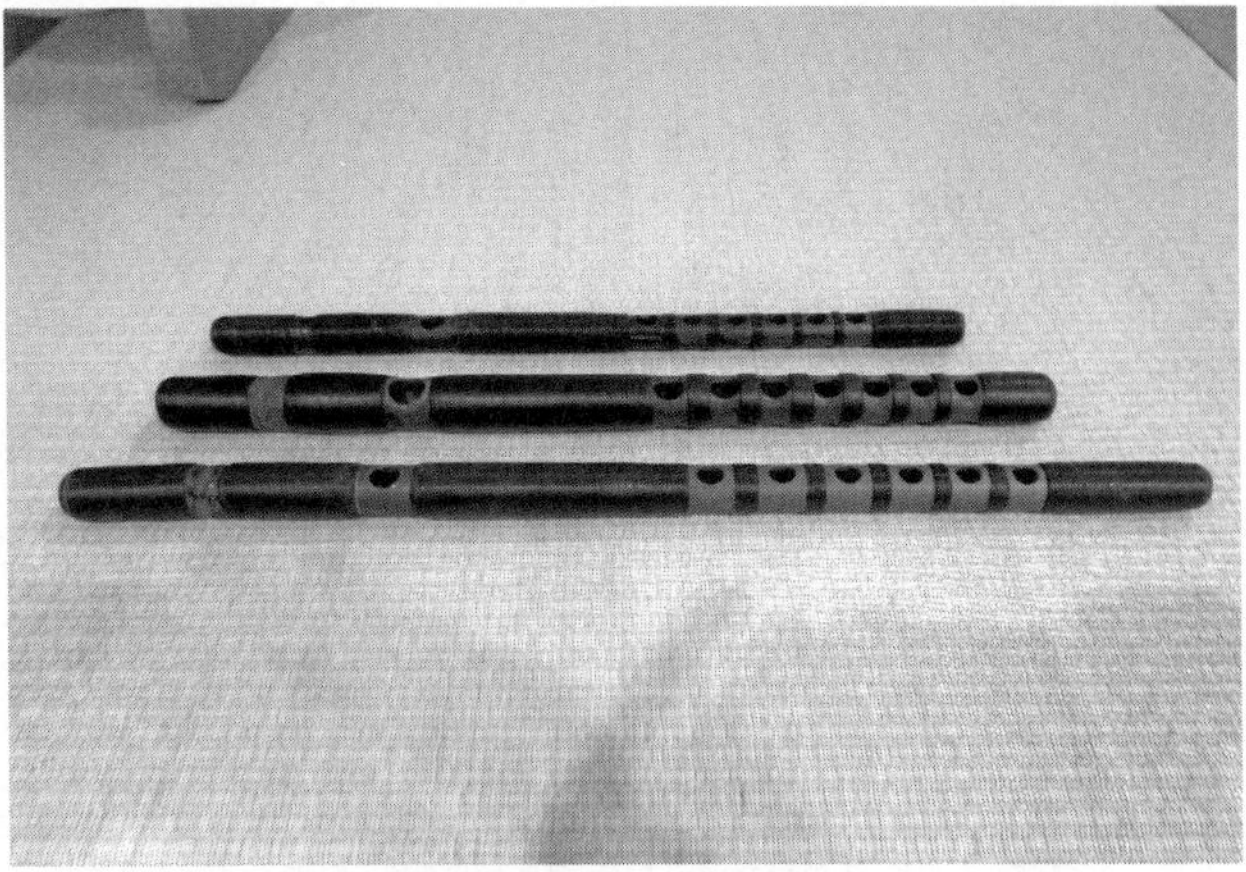

芝さん愛用の笛三種。真ん中が龍笛で、上が高麗笛、下が神楽笛

そして龍笛は、いわば顔の造形です。いちばんオモテの部分といいますか、繊細なニュアンスを装飾し、より豊かな表現にする役割を担います。

たいていの曲は、まず龍笛から入ります。二、三小節の龍笛の独奏に笙と篳篥が加わり、次に絃楽器や太鼓が入り、合奏になる」

たしかに龍笛の、天まで突き抜けていきそうな高音、澄んだ中にわずかな渋みを宿した音色は、まさに「繊細」を音にしたよう。これが達人の手にかかり、細かい感情が紡ぎ出されていくのだ。

龍笛の実物を見せていただく。長さは約四〇センチ。竹筒に樺（桜の皮）が巻いてあり、表面は黒っぽい。唇をつけて息を吹き込む穴（歌口）と、七つの指孔が開いている。

手に持つと、意外にずっしりした手応え。

音色に重みを与えるため、頭に鉛が詰められているという。

芝さんが所有している龍笛には、室町時代につくられ、彦根藩主井伊家が所有し、芝家に譲り渡された逸品もある。

「古いですが、すばらしい音で鳴ります。龍笛はしまっておいては駄目。吹いて、息を入れれば長く保ちます。乾燥が大敵です」

それにしてもシンプルきわまりないつくり。管楽器には付きもののリードもない。一見して、音を出すこと自体、簡単ではなさそうだと感じる。

「出る人はすぐに出るんです。でも、出ない人は一年かけても出ない。なぜそうなるのか、私にもよくわからないのですが、ひとつ言えるのは歯並びが重要だということ。ちょっと歯並びがズレていると、息が横に逃げてしまい、非常に苦労するようです。

龍笛は、見かけだけではなく、奏法もシンプルです。フルートのようにビブラートをつけることはないし、タンギングも使いません。よすがは丹田に力を込め、肺から吹き出す息だけ。孔を押さえる指を少し動かすだけで音がガラッと変わるし、日々の体調によっても変わります。

シンプルだからこそ奥が深い。吹き始めて七十年経ちますが、まだまだ龍笛は難しい」

芝家は、代々雅楽の演奏を担ってきた家系「楽家《がっけ》」のひとつ。ルーツは平安時代に遡る。

芝さんの父・祐泰《すけひろ》さんも、大正時代より宮内庁楽部で楽師として活躍し、楽長も務めた。

楽家の男子に生まれた芝さんにとって、楽師になることは〝さだめ〟だった。

「とはいいましても、幼い頃、龍笛の音なんてほとんど聞いたことはありませんでした。父は家ではまず吹きませんでしたしね。ただ、ヴァイオリンはやらされました。父にほっぺたを叩かれながら、嫌々……（笑）。

そのうち戦争が激しくなって長野に学童疎開。戦争が終わって東京に戻る頃には、私はすっかり勉強嫌いな子になっていました。そうしたら父が『何もできないなら雅楽をやれ！』と。長兄もすでに楽部に入っていましたし、とにかく厳しい父でしたから、私に逆らう余地はなかった（笑）。それで『楽生《がくせい》』として、皇居内にある楽部の建物に通うことになったのです」

十三歳の芝少年の、毎週水曜に中学校を休んで楽部に〝通学〟する日々が始まった。楽生仲間は五人ほどだった。

「今も基本的に変わっていないと思いますが、楽部に属するのは、ほとんどが楽家出身者です。私が正式に楽部に入ったときは、楽長一人、楽師二十四人の定員二十五人のうち、一人以外は皆、楽家の人でした。京都系、大阪の四天王寺系、奈良（南都）系……。私の家は奈良系。残る一人は宮内庁職員の息子さんでした」

楽生になると、楽部に専用の練習部屋を持つ。芝さんに与えられたのは、二階の南西向きの部屋。窓からは旧本丸が見渡せた。当時は草ぼうぼうだったが、たまに皇族の方が散歩する姿を見かけたという。

部屋には防音が施され、ピアノも据えられていた。そこで芝少年は一日五、六時間、練習に打ち込んだ。

「父が現役の楽師でしたが、父に習うわけではありません。親子の関係とは切り離して、別の先生につくのです。父がよく言ったのは、（雅楽に関する）本を読む時間があったら笛を吹け、本を読んでもうまくはならん、ということ。せっかく楽部の先生についているのに、本で古い知識を仕入れてどうする、という思いだったのでしょう。

実際、私一人に対し、笛、絃楽器、打楽器、洋楽器……と五、六人の先生が決められるんです。ぜいたくな教育です」

そう、学ぶべきは笛だけではない。

「絃楽器は琵琶。あとは舞（舞楽）も習得します。舞には大陸由来の左舞《さまい》と、朝鮮由来の右舞《うまい》があるのですが、私は左舞。この『笛、琵琶、左舞』というのが、芝の家が代々、受け継いできた組み合わせです」

特に管楽器は各楽家がそれぞれ継承し、他の楽器には手をつけない。芝さんは笙や篳篥には、触ったことすらほとんどないという。

絃楽器は少し融通を利かせることもある。

「近年、残念ながら楽部に入る楽家の人間が減っています。楽部は六十五歳で定年なのですが、今三十五歳で琵琶をやっている楽師がいるとすると、三十年後には琵琶が一人減ることになる。なので遠い未来を睨んで、楽長が、新しい楽生に『紘は琵琶をやりなさい』などと案配するわけです」

芝さんは高校は夜学に通い、一九五五年、晴れて楽生を卒業し、正式に宮内庁楽部の楽師となった。お父さんの命で踏み出した道だったが、その頃には、すっかり雅楽のとりこになっていたという。

楽部は、宮中の儀式や園遊会などの際に雅楽を演奏するほか、芝さんが楽師となった翌年からは年に二度の公開演奏会も始まった。

日々、楽師として演奏活動に励む芝さんには、何度かの転機があった。

「昭和三十四年（一九五九年）の、皇太子（現天皇陛下）御成婚の際、楽部でも新作の管絃、舞楽、そして洋楽曲を作ってお祝いすることになったのですが、洋楽を、いちばん後輩の私が作曲することになってしまったのです」

洋楽の作曲。それはつまり、オーケストラのスコアを書くということだ。

「楽師はそれぞれ洋楽の担当楽器もありまして、私はフルートでした。だから演奏はできる。でも作曲は……。高校時代に名曲喫茶に入り浸っていて、クラシックは大好きでしたが、もちろんスコアなんて書いたことはない。もう必死でした。なんでいきなりあんなことができたのか、思い出せません（笑）。八カ月くらいかかったでしょうか」

そうしてつくりあげたのが「御成婚祝典序曲」。和琴の音階など、雅楽の要素も取り入れた、優雅にして祝賀の雰囲気に満ちた九分半の曲だ。以降、芝さんはいくつものオーケストラ作品を手がけることになり、それらはＣＤ『芝祐靖の音楽 オーケストラ作品集 幻遙』で聴くことができる。

一九六六年に国立劇場ができたときは、ディレクターから難題が持ち込まれた。

「古い雅楽の譜面を抱えてきましてね。これをあなたたちが演奏できるようにしてくれないか、というのです。見ると、楽部が用いている楽譜（カナ譜）とはまったく異なるもので、どうみても音楽にならない。

現在、演奏されている雅楽の楽曲は百数十曲あるのですが、これらはすべて明治時代に選ばれ、譜面にされた『明治撰定譜』と呼ばれるものです。それ以外の楽曲は廃絶になってしまった。ディレクターが持ってきたのもそのひとつでした。

そこで私が取り組んだのが訳譜、つまり廃絶曲を、明治撰定譜の形式にのっとって譜面に起こすこと。それがこれです」

と、芝さんが取り出したのは、『雅楽 遠楽の復曲』と題された、分厚い和綴じの譜面。

「百七十ページほどあるのですが、そのうち八十ページを『盤渉参軍《ばんしきさんぐん》』という大曲が占め

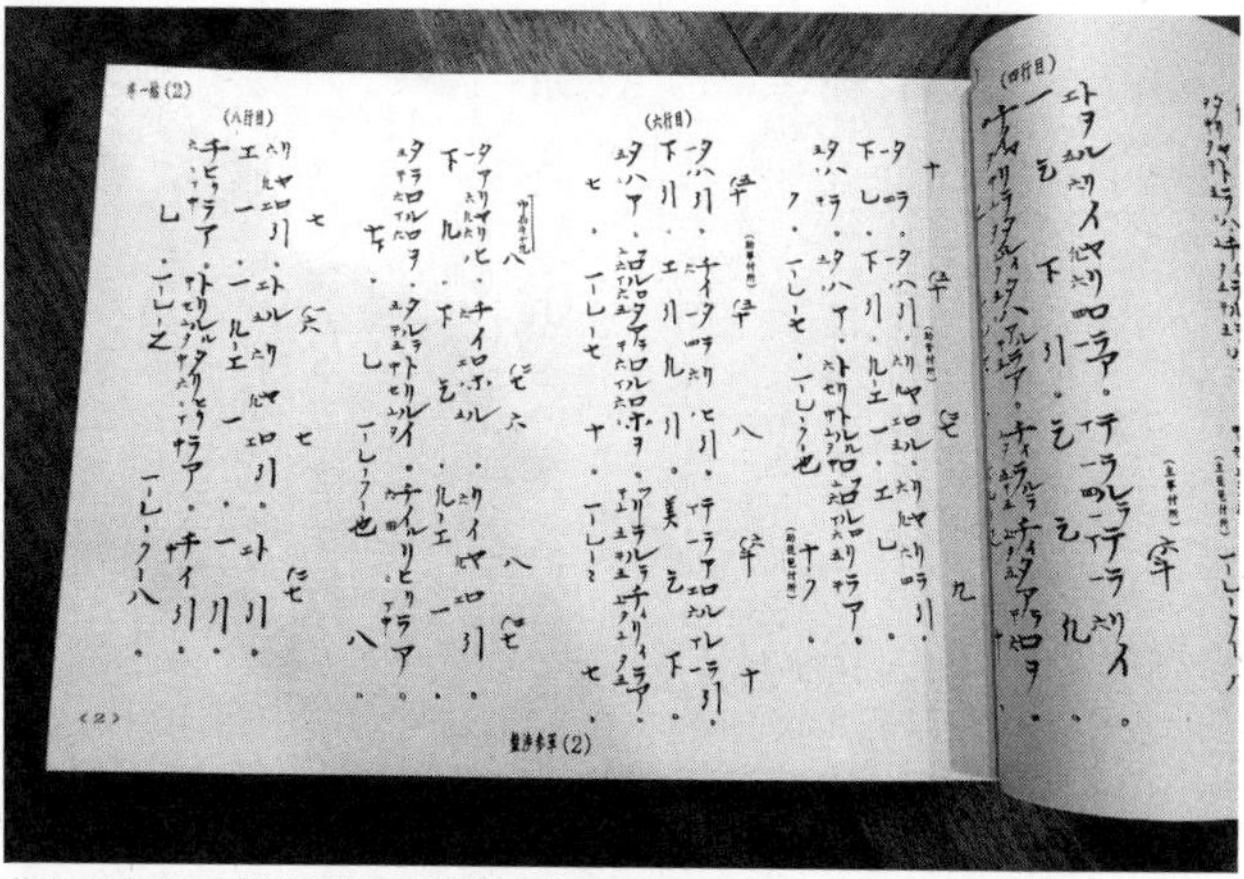

芝さん直筆の『盤渉参軍』総譜。左の行から琵琶、龍笛、笙、篳篥、箏の譜

ます。演奏すると四時間半かかります。これ以降、訳譜を手がけるようになって、全部で二十曲はやりましたか……。

　こんなふうに古い雅楽に向き合ったり、あるいは洋楽というまったく違う世界に触れたりすることで、改めて雅楽に対する目を開かれたといいますか、雅楽って凄いんだな、と認識を新たにしていった面はありますね」

　そして決定的だったのが、作曲家・武満徹（一九三〇～九六）との出逢いだった。

　武満が一九七三年に書いた『秋庭歌《しゅうていが》』は、雅楽器のみ、十七人編成で演奏される現代雅楽。芝さんは同僚とともに国立劇場での初演に参加し、そして欧州公演にも帯同した。

「衝撃を受けました。底知れない深さを持った作品で、演奏するたびに新たな発見がある。もっと知ろう、もっと知ろうと思いながら演奏しているうち、どんどんのめり込みました。公演も、特に外国では大反響。秋庭歌は、洋楽のように五線紙に書かれていますが、独自の記号を用いて、半音のまた半音のような、厳格な音を要求している。武満さんは、半音の幅が広がったり狭まったりする、雅楽器の特性を摑んでいたんですね。

のちに秋庭歌は二十九人編成の『秋庭歌一具《いちぐ》』に発展するのですが、そうなると楽部だけでは演奏できない。雅楽器を演奏でき、洋譜を読める外部の人たちを集めました。そんな活動をしているうちに、楽部の枠にとらわれず、現代雅楽を含めた、新しい道を追求したい……という気持ちが強くなっていったのです」

そして一九八四年、四十九歳のとき、芝さんは楽部を退官する決断をした。楽師が半ばにして辞めるのは、ほとんど前例のないことだった。楽家に生まれた雅楽の守り人は、第二の人生として、伝統的な枠から飛び出す道を選んだのだ。

翌八五年には雅楽集団「伶楽舎」を結成、その音楽監督として以降三十年余、古典のみならず現代雅楽の演奏、新作の作曲、あるいは東京藝術大学で教鞭を執るなど、八面六臂の活躍を続けることになる。

「今振り返っても、やはり武満さんの存在は大きかった。最初にお会いした頃はおっかない印象でしたが、九三年に、私が飛驒古川音楽大賞の特別功労賞をいただいた際、審査員の一人が武満さんでしてね。打ち上げでご一緒して、酒を飲んで、カラオケで歌った思い出もあります。

その後、明治神宮で『秋庭歌一具』を演奏したときは、武満さんも頭巾みたいな帽子をかぶって、聴きに来られました。帰りしな『ちょっとテンポが速いなあ。今度詳しく話そう』とおっしゃった。それが九五年のことで、最後の会話になりました。

もう一曲（雅楽の楽曲を）つくろうかな、なんておっしゃってもいたのですが……。返す返すも、亡くなるのが早すぎました」

雅楽一筋七十年。八十を超えてますますお元気な芝さんに、今後の抱負を伺った。

「そうですね。すべてやり尽くした感もあるのですが……（笑）。演奏については若い人たちにお任せしていくとして、ひとつはやはり新作です。次の国立劇場公演（二〇一六年十一月）でも『雉門松濤楽《ちもんしょうとうらく》』という新作の初演がありますが、今後も新作を通して、古典とは違った雅楽の魅力を伝えていきたい。いっぽうで、廃絶曲の復曲も引き続きやっていかねばならないと思っています。全部筆で書くので、なかなか骨が折れるのですが。

あとは普及。特に子どもたちへの普及です。幼い頃、何かに触れて得た感覚は、一生生き続けます。だから、子どもたちに雅楽を聴いてほしい。古典はスローなものが多いですが、もっとわかりやすい、アップテンポな曲をつくって聴かせたい。そして楽しいな、やってみたいな、と思ってほしい。

私は楽家に生まれた人間ですが、雅楽は楽家という遺すべき人間が遺していけばそれでいい、とはまったく思っていません。雅楽は二〇〇九年にユネスコの無形文化遺産になりました。すばらしいことです。でもそれだけでは駄目で、この世界に類例のない文化を、もっとあまねく、一般的にしたい。

みんなが親しんでこそ、伝統は生き続ける。私はそう思っています」

（二〇一六年十月収録）

【伶楽舎ウェブサイト　http://reigakusha.com/home/】

文春文庫

竜《りゅう》笛《てき》嫋《じょう》々《じょう》

定価はカバーに
表示してあります

酔《よ》いどれ小籐次《ことうじ》（八）決定版《けっていばん》

2016年12月10日　第1刷

著　者　佐《さ》伯《えき》泰《やす》英《ひで》
発行者　飯窪成幸
発行所　株式会社 文藝春秋

東京都千代田区紀尾井町 3-23　〒102-8008
TEL 03・3265・1211
文藝春秋ホームページ　http://www.bunshun.co.jp

落丁、乱丁本は、お手数ですが小社製作部宛お送り下さい。送料小社負担でお取替致します。

印刷・凸版印刷　製本・加藤製本

Printed in Japan
ISBN978-4-16-790752-5

佐伯泰英
文庫時代小説
全作品チェックリスト

2016年12月現在
監修／佐伯泰英事務所

掲載順はシリーズ名の五十音順です。品切れの際はご容赦ください。

どこまで読んだか、チェック用にどうぞご活用ください。
キリトリ線で切り離すと、書店に持っていくにも便利です。

佐伯泰英事務所公式ウェブサイト「佐伯文庫」 http://www.saeki-bunko.jp/

キリトリ線

居眠り磐音 江戸双紙 いねむりいわね えどぞうし

双葉文庫

- □ ① 陽炎ノ辻 かげろうのつじ
- □ ② 寒雷ノ坂 かんらいのさか
- □ ③ 花芒ノ海 はなすすきのうみ
- □ ④ 雪華ノ里 せっかのさと
- □ ⑤ 龍天ノ門 りゅうてんのもん
- □ ⑥ 雨降ノ山 あふりのやま
- □ ⑦ 狐火ノ杜 きつねびのもり
- □ ⑧ 朔風ノ岸 さくふうのきし
- □ ⑨ 遠霞ノ峠 えんかのとうげ
- □ ⑩ 朝虹ノ島 あさにじのしま
- □ ⑪ 無月ノ橋 むげつのはし
- □ ⑫ 探梅ノ家 たんばいのいえ
- □ ⑬ 残花ノ庭 ざんかのにわ
- □ ⑭ 夏燕ノ道 なつつばめのみち
- □ ⑮ 驟雨ノ町 しゅううのまち
- □ ⑯ 螢火ノ宿 ほたるびのしゅく
- □ ⑰ 紅椿ノ谷 べにつばきのたに
- □ ⑱ 捨雛ノ川 すてびなのかわ
- □ ⑲ 梅雨ノ蝶 ばいうのちょう
- □ ⑳ 野分ノ灘 のわきのなだ
- □ ㉑ 鯖雲ノ城 さばぐものしろ
- □ ㉒ 荒海ノ津 あらうみのつ
- □ ㉓ 万両ノ雪 まんりょうのゆき
- □ ㉔ 朧夜ノ桜 ろうやのさくら
- □ ㉕ 白桐ノ夢 しろぎりのゆめ
- □ ㉖ 紅花ノ邨 べにばなのむら
- □ ㉗ 石榴ノ蠅 ざくろのはえ
- □ ㉘ 照葉ノ露 てりはのつゆ
- □ ㉙ 冬桜ノ雀 ふゆざくらのすずめ
- □ ㉚ 侘助ノ白 わびすけのしろ
- □ ㉛ 更衣ノ鷹 きさらぎのたか **上**
- □ ㉜ 更衣ノ鷹 きさらぎのたか **下**
- □ ㉝ 孤愁ノ春 こしゅうのはる
- □ ㉞ 尾張ノ夏 おわりのなつ
- □ ㉟ 姥捨ノ郷 うばすてのさと
- □ ㊱ 紀伊ノ変 きいのへん
- □ ㊲ 一矢ノ秋 いっしのとき
- □ ㊳ 東雲ノ空 しののめのそら
- □ ㊴ 秋思ノ人 しゅうしのひと
- □ ㊵ 春霞ノ乱 はるがすみのらん
- □ ㊶ 散華ノ刻 さんげのとき
- □ ㊷ 木槿ノ賦 むくげのふ
- □ ㊸ 徒然ノ冬 つれづれのふゆ
- □ ㊹ 湯島ノ罠 ゆしまのわな
- □ ㊺ 空蟬ノ念 うつせみのねん
- □ ㊻ 弓張ノ月 ゆみはりのつき
- □ ㊼ 失意ノ方 しついのかた
- □ ㊽ 白鶴ノ紅 はっかくのくれない
- □ ㊾ 意次ノ妄 おきつぐのもう
- □ ㊿ 竹屋ノ渡 たけやのわたし
- □ 51 旅立ノ朝 たびだちのあした

【シリーズ完結】

キリトリ線

キリトリ線

□ シリーズガイドブック「**居眠り磐音 江戸双紙**」**読本**（特別書き下ろし小説・シリーズ番外編「跡継ぎ」収録）

□ 居眠り磐音 江戸双紙 帰着準備号 **橋の上** はしのうえ（特別収録「著者メッセージ&インタビュー」「磐音が歩いた『江戸』案内」「年表」）

□ 吉田版「**居眠り磐音**」**江戸地図** 磐音が歩いた江戸の町（文庫サイズ箱入り）超特大地図＝縦75cm×横80cm

鎌倉河岸捕物控 かまくらがしとりものひかえ　ハルキ文庫

□ ① **橘花の仇** きっかのあだ
□ ② **政次、奔る** せいじ、はしる
□ ③ **御金座破り** ごきんざやぶり
□ ④ **暴れ彦四郎** あばれひこしろう
□ ⑤ **古町殺し** こまちごろし
□ ⑥ **引札屋おもん** ひきふだやおもん
□ ⑦ **下駄貫の死** げたかんのし
□ ⑧ **銀のなえし** ぎんのなえし
□ ⑨ **道場破り** どうじょうやぶり
□ ⑩ **埋みの棘** うずみのとげ
□ ⑪ **代がわり** だいがわり
□ ⑫ **冬の蜉蝣** ふゆのかげろう
□ ⑬ **独り祝言** ひとりしゅうげん
□ ⑭ **隠居宗五郎** いんきょそうごろう
□ ⑮ **夢の夢** ゆめのゆめ
□ ⑯ **八丁堀の火事** はっちょうぼりのかじ
□ ⑰ **紫房の十手** むらさきぶさのじって
□ ⑱ **熱海湯けむり** あたみゆけむり
□ ⑲ **針いっぽん** はりいっぽん
□ ⑳ **宝引きさわぎ** ほうびきさわぎ
□ ㉑ **春の珍事** はるのちんじ
□ ㉒ **よっ、十一代目!** よっ、じゅういちだいめ
□ ㉓ **うぶすな参り** うぶすなまいり
□ ㉔ **後見の月** うしろみのつき
□ ㉕ **新友禅の謎** しんゆうぜんのなぞ
□ ㉖ **閉門謹慎** へいもんきんしん
□ ㉗ **店仕舞い** みせじまい
□ ㉘ **吉原詣で** よしわらもうで

□㉙お断り　おことわり

□シリーズガイドブック「鎌倉河岸捕物控」読本（特別書き下ろし小説・シリーズ番外編「寛政元年の水遊び」収録）

□シリーズ副読本　鎌倉河岸捕物控　街歩き読本

シリーズ外作品　ハルキ文庫

□異風者　いひゅもん

交代寄合伊那衆異聞　こうたいよりあいいなしゅういぶん　講談社文庫

□①変化　へんげ　□⑦上海　しゃんはい　□⑬交易　こうえき　□⑲茶葉　ちゃば
□②雷鳴　らいめい　□⑧黙契　もっけい　□⑭朝廷　ちょうてい　□⑳開港　かいこう
□③風雲　ふううん　□⑨御暇　おいとま　□⑮混沌　こんとん　□㉑暗殺　あんさつ
□④邪宗　じゃしゅう　□⑩難航　なんこう　□⑯断絶　だんぜつ　□㉒血脈　けつみゃく
□⑤阿片　あへん　□⑪海戦　かいせん　□⑰散斬　ざんぎり　□㉓飛躍　ひやく
□⑥攘夷　じょうい　□⑫謁見　えっけん　□⑱再会　さいかい　【シリーズ完結】

長崎絵師通吏辰次郎　ながさきえしとおりしんじろう　ハルキ文庫

□①悲愁の剣　ひしゅうのけん　□②白虎の剣　びゃっこのけん

キリトリ線

キリトリ線

夏目影二郎始末旅　なつめえいじろうしまつたび　光文社文庫

- □ ① **八州狩り**　はっしゅうがり
- □ ② **代官狩り**　だいかんがり
- □ ③ **破牢狩り**　はろうがり
- □ ④ **妖怪狩り**　ようかいがり
- □ ⑤ **百鬼狩り**　ひゃっきがり
- □ ⑥ **下忍狩り**　げにんがり
- □ ⑦ **五家狩り**　ごけがり
- □ ⑧ **鉄砲狩り**　てっぽうがり
- □ ⑨ **奸臣狩り**　かんしんがり
- □ ⑩ **役者狩り**　やくしゃがり
- □ ⑪ **秋帆狩り**　しゅうはんがり
- □ ⑫ **鵺女狩り**　ぬえめがり
- □ ⑬ **忠治狩り**　ちゅうじがり
- □ ⑭ **奨金狩り**　しょうきんがり
- □ ⑮ **神君狩り**　しんくんがり

【シリーズ完結】

- □ シリーズガイドブック **夏目影二郎「狩り」読本**（特別書き下ろし小説・シリーズ番外編「位の桃井に鬼が棲む」収録）

秘剣　ひけん　祥伝社文庫

- □ ① **秘剣雪割り** 悪松・棄郷編　ひけんゆきわり　わるまつ・ききょうへん
- □ ② **秘剣瀑流返し** 悪松・対決「鎌鼬」　ひけんばくりゅうがえし　わるまつ・たいけつかまいたち
- □ ③ **秘剣乱舞** 悪松・百人斬り　ひけんらんぶ　わるまつ・ひゃくにんぎり
- □ ④ **秘剣孤座**　ひけんこざ
- □ ⑤ **秘剣流亡**　ひけんりゅうぼう

古着屋総兵衛初傳 ふるぎやそうべえ しょでん　新潮文庫

□光圀 みつくに （新潮文庫百年特別書き下ろし作品）

古着屋総兵衛影始末 ふるぎやそうべえかげしまつ　新潮文庫

- □①死闘 しとう
- □②異心 いしん
- □③抹殺 まっさつ
- □④停止 ちょうじ
- □⑤熱風 ねっぷう
- □⑥朱印 しゅいん
- □⑦雄飛 ゆうひ
- □⑧知略 ちりゃく
- □⑨難破 なんぱ
- □⑩交趾 こうち
- □⑪帰還 きかん

【シリーズ完結】

新・古着屋総兵衛 しん・ふるぎやそうべえ　新潮文庫

- □①血に非ず ちにあらず
- □②百年の呪い ひゃくねんののろい
- □③日光代参 にっこうだいさん
- □④南へ舵を みなみへかじを
- □⑤○に十の字 まるにじゅのじ
- □⑥転び者 ころびもん
- □⑦二都騒乱 にとそうらん
- □⑧安南から刺客 アンナンからしかく
- □⑨たそがれ歌麿 たそがれうたまろ
- □⑩異国の影 いこくのかげ
- □⑪八州探訪 はっしゅうたんぼう
- □⑫死の舞い しのまい
- □⑬虎の尾を踏む とらのおをふむ

キリトリ線

キリトリ線

密命 みつめい／完本 密命 かんぽん みつめい

※新装改訂版の「完本」を随時刊行中　祥伝社文庫

- □① 完本 密命 見参！ 寒月霞斬り　けんざん かんげつかすみぎり
- □② 完本 密命 弦月三十二人斬り　げんげつさんじゅうににんぎり
- □③ 完本 密命 残月無想斬り　ざんげつむそうぎり
- □④ 完本 密命 刺客 斬月剣　しかく ざんげつけん
- □⑤ 完本 密命 火頭 紅蓮剣　かとう ぐれんけん
- □⑥ 完本 密命 兇刃 一期一殺　きょうじん いちごいっさつ
- □⑦ 完本 密命 初陣 霜夜炎返し　ういじん そうやほむらがえし
- □⑧ 完本 密命 悲恋 尾張柳生剣　ひれん おわりやぎゅうけん
- □⑨ 完本 密命 極意 御庭番斬殺　ごくい おにわばんざんさつ
- □⑩ 完本 密命 遺恨 影ノ剣　いこん かげのけん
- □⑪ 完本 密命 残夢 熊野秘法剣　ざんむ くまのひほうけん
- □⑫ 完本 密命 乱雲 傀儡剣合わせ鏡　らんうん くぐつけんあわせかがみ
- □⑬ 完本 密命 追善 死の舞　ついぜん しのまい
- □⑭ 完本 密命 遠謀 血の絆　えんぼう ちのきずな
- □⑮ 完本 密命 無刀 父子鷹　むとう おやこだか
- □⑯ 完本 密命 烏鷺 飛鳥山黒白　うろ あすかやまこくびゃく
- □⑰ 完本 密命 初心 闇参籠　しょしん やみさんろう

【旧装版】

- □⑱ 遺髪 加賀の変　いはつ かがのへん
- □⑲ 意地 具足武者の怪　いじ ぐそくむしゃのかい
- □⑳ 宣告 雪中行　せんこく せっちゅうこう
- □㉑ 相剋 陸奥巴波　そうこく みちのくともえなみ
- □㉒ 再生 恐山地吹雪　さいせい おそれざんじふぶき
- □㉓ 仇敵 決戦前夜　きゅうてき けっせんぜんや
- □㉔ 切羽 潰し合い中山道　せっぱ つぶしあいなかせんどう
- □㉕ 覇者 上覧剣術大試合　はしゃ じょうらんけんじゅつおおじあい
- □㉖ 晩節 終の一刀　ばんせつ ついのいっとう

【シリーズ完結】

- □シリーズガイドブック「密命」読本（特別書き下ろし小説・シリーズ番外編「虚けの龍」収録）

小籐次青春抄　ことうじせいしゅんしょう　文春文庫

□品川の騒ぎ・野鍛冶　しながわのさわぎ　のかじ

酔いどれ小籐次　よいどれことうじ　文春文庫

□①御鑓拝借　おやりはいしゃく
□②意地に候　いじにそうろう
□③寄残花恋　のこりはなよするこい
□④一首千両　ひとくびせんりょう
□⑤孫六兼元　まごろくかねもと
□⑥騒乱前夜　そうらんぜんや
□⑦子育て侍　こそだてざむらい
□⑧竜笛嫋々　りゅうてきじょうじょう
〈決定版〉随時刊行予定
□⑨春雷道中　しゅんらいどうちゅう
□⑩薫風鯉幟　くんぷうこいのぼり
□⑪偽小籐次　にせことうじ
□⑫杜若艶姿　とじゃくあですがた
□⑬野分一過　のわきいっか
□⑭冬日淡々　ふゆびたんたん
□⑮新春歌会　しんしゅんうたかい
□⑯旧主再会　きゅうしゅさいかい
□⑰祝言日和　しゅうげんびより
□⑱政宗遺訓　まさむねいくん
□⑲状箱騒動　じょうばこそうどう

キリトリ線

新・酔いどれ小籐次　しん・よいどれことうじ　文春文庫

- ① 神隠し　かみかくし
- ② 願かけ　がんかけ
- ③ 桜吹雪　はなふぶき
- ④ 姉と弟　あねとおとうと
- ⑤ 柳に風　やなぎにかぜ
- ⑥ らくだ　らくだ

吉原裏同心　よしわらうらどうしん　光文社文庫

- ① 流離　りゅうり
- ② 足抜　あしぬき
- ③ 見番　けんばん
- ④ 清掻　すががき
- ⑤ 初花　はつはな
- ⑥ 遣手　やりて
- ⑦ 枕絵　まくらえ
- ⑧ 炎上　えんじょう
- ⑨ 仮宅　かりたく
- ⑩ 沽券　こけん
- ⑪ 異館　いかん
- ⑫ 再建　さいけん
- ⑬ 布石　ふせき
- ⑭ 決着　けっちゃく
- ⑮ 愛憎　あいぞう
- ⑯ 仇討　あだうち
- ⑰ 夜桜　よざくら
- ⑱ 無宿　むしゅく
- ⑲ 未決　みけつ
- ⑳ 髪結　かみゆい
- ㉑ 遺文　いぶん
- ㉒ 夢幻　むげん
- ㉓ 狐舞　きつねまい
- ㉔ 始末　しまつ
- ㉕ 流鶯　りゅうおう

□ シリーズ副読本　佐伯泰英「吉原裏同心」読本